SOPA DE LLIBRES

FSC

El paper utilitzat en aquesta edició compleix
els requisits mediambientals FSC, que garanteixen
un circuit sostenible en tota la cadena de producció.

Mallorca, 45, 4a planta. 08029 Barcelona
Telèfon 932 172 054. Fax 932 373 469
barcanova@barcanova.cat
www.barcanovainfantilijuvenil.cat

Disseny: Manuel Estrada

Quarta edició: juliol de 2010
Tercera impressió: març de 2015

ISBN: 978-84-489-1961-0
DL B. 29568-2010

Printed in Spain

L'incomparable
Bredford Bannings

SOPA DE LLIBRES

Ximo Cerdà

L'incomparable Bredford Bannings

BARCANOVA EDITORIAL

Il·lustracions de l'autor

ÍNDEX

A Marta, que és d'on surten totes les històries.
Ah! I als pobres editors, que m'han ajudat
a arribar fins aquí (he, he)

1

El desafiament

Permeteu que em presenti. Em dic Oz. Sí, ja sé que és un nom poc comú, però us asseguro que jo no tinc la culpa que me'l posessin: ningú no em va demanar l'opinió quan vaig néixer. I, de tota manera, encara que algú me l'hagués demanat, suposo que en aquell moment no em trobava en posició de discutir. Així doncs, no he tingut més remei que acostumar-me a un nom estrany a què, amb el temps, he arribat a agafar afecte.

Vaig heretar de la meva família una afecció desmesurada per la lectura, una gran mansió plena de llibres, quadres, estàtues i un gran nombre d'obres d'art... i un cúmul de deutes que, amb el temps, em feren perdre els llibres, els quadres, les estàtues i les obres d'art, però mai el meu amor per la lectura. Això no obstant, no em puc queixar. Precisament foren els meus compromisos econòmics els que

em van portar a conèixer el curiós protagonista d'aquesta història: en Bredford Bannings, al costat del qual he viscut una infinitat d'apassionants aventures que abans tan sols podia somiar.

Però no avancem esdeveniments. A l'inici d'aquesta història jo em trobava, com ja us he dit, en seriosos problemes monetaris: carregat de deutes que no podia afrontar. Com que no se m'acudia una altra solució per millorar la meva situació, vaig decidir vendre tot el patrimoni que els meus avantpassats m'havien deixat en herència. Cada vegada que el carter dipositava una nova factura a la bústia de casa, jo em veia obligat a vendre part de les meves preuades possessions. A poc a poc, les prestatgeries i els calaixos de casa meva es van anar despoblant d'objectes meravellosos i es van anar cobrint de pols i teranyines.

Aquell dia, el dia que començaren totes les meves aventures, no havia estat una excepció. El carter del meu barri, el senyor Bompert, trucà al timbre a dos quarts de deu del matí i, amb cara de circumstàncies, m'entregà una carta en què se'm demanava el lliurament d'una gran quantitat de diners per tal de satisfer un altre dels meus molts creditors. Quan vaig tancar la porta, tot donant les gràcies al bo del senyor Bompert i procurant que no se'm notés gaire l'abatiment, em vaig dedicar a buscar l'objecte amb el qual podria pagar un deute així. La veritat, no seria una cosa senzilla. El meu patrimoni, en altre temps enorme, havia quedat reduït a una dotzena de llibres dels quals se'm feia quasi impossible desprendre'm, un gran quadre amb el retrat del meu oncle avi Ronco i poc més. Rebuscant a la biblioteca vaig trobar, oblidada i acumulant pols en una d'aquelles prestatgeries, una petita estatueta d'una ballarina que havia pertangut al meu rebesavi Turuci, i vaig decidir que aquell seria el pròxim objecte que vendria.

Resignat, vaig ficar l'estatueta en una bossa i vaig sortir de casa.

Abans de vendre cap dels llegats de la meva família, tinc el costum de visitar la professora Picena. La professora Picena és una dona baixeta, lleugerament carregada d'anys i, ehem!, de carns, d'espessa i arrissada cabellera rossa, i que sent una gran estima per mi. De fet, ha estat amiga de la meva família durant molt de temps, i sempre ha estat al meu costat quan l'he necessitada. La professora imparteix classes d'història d'art antic a la Universitat de Tapioca i té un petit despatx on atén gentilment els alumnes que tenen dubtes sobre la seva assignatura. Com us deia, cada vegada que em veia obligat a vendre alguna de les possessions dels meus avantpassats, abans de desprendre-me'n definitivament, solia fer una visita a la professora perquè valorés la peça en qüestió i m'ajudés a obtenir-ne un preu, si no beneficiós, almenys just.

Així em trobava aquell matí d'abril quan vaig entrar al despatx de la meva benvolguda amiga, la professora Picena. El despatx era, en realitat, una molt petita estança amb una única finestreta amb vistes al pati de la universitat. Les parets estaven cobertes de

prestatgeries en les quals s'amuntegaven desordenadament centenars de meravelles que la professora havia anat adquirint al llarg dels anys: ornaments prehistòrics, estatuetes etrusques, flautes andines, escarabats egipcis, figuretes de fusta celtes... Fins i tot guardava la base d'una columna grega, sobre la qual havia posat un coixí tou, que utilitzava de tamboret!

La professora estava de molt bon humor aquell matí. Un somriure enlluernador li lluïa als llavis.

–El meu estimat Oz! –va exclamar només de veure'm–. Què et porta per aquí?

–Desgraciadament, la necessitat –vaig haver d'admetre jo–. Aquest matí el carter m'ha lliurat la notificació d'un nou deute, de manera que una altra vegada m'he de desprendre d'alguna de les possessions de la meva família.

La professora em mirà amb un gest de contrarietat.

–No saps com ho sento! ¿I és molt elevat, aquest deute?

Li vaig ensenyar la carta que havia rebut aquell mateix matí i, quan veié la xifra demanada, a la professora per poc li sortiren els ulls de les òrbites.

–Però, Oz! És una xifra descomunal! ¿I ja saps què vendràs, aquesta vegada?

–Bé... –vaig dir–. He trobat aquesta estatueta entre les possessions del meu rebesavi Turuci. Crec que en podria obtenir un bon preu.

–Deixa'm veure... –s'oferí la professora Picena.

Vaig extreure la petita estatueta amb forma de ballarina de la bossa en què l'havia transportada i la vaig mostrar a la professora. Ella la sostingué uns instants a les mans, mirant-la des de tots els angles amb un gest de concentració, mentre feia un sorollet amb la boca que sonava així com «hum». Després d'examinar-la detingudament s'alçà, agafà un llibre d'una prestatgeria i es posà a passar-ne els fulls. Jo assistia a l'escena sense atrevir-me a dir res, perquè la notava immersa en una profunda concentració. A la fi semblà que havia trobat allò que buscava en una de les pàgines del llibre, perquè obrí els ulls de bat a bat, com si acabés d'endur-se una gran sorpresa. Després em mirà amb cara de satisfacció i exclamà:

–Déu meu! ¿I dius que aquesta estatueta pertanyia al teu rebesavi Turuci?

–Així és –vaig assentir.

–El bo de Turuci! –digué la professora, als llavis de la qual tornava a dibuixar-se aquell somriure alegre amb què m'havia rebut–. Benvolgut Oz, si no m'equivoco, davant nostre tenim la solució a tots els teus problemes econòmics.

–¿Vol dir –vaig preguntar il·lusionat– que em donaran els diners suficients per pagar aquesta factura?

El somriure se li va fer encara més ample.

–Suficients? Te'n podrien donar deu vegades més! Què dic deu? Cent vegades! Fins i tot és possible que mil vegades! Oz... aquesta estatueta és un tresor!

A penes em podia creure les paraules de la meva vella amiga. Com era possible que una estatueta que feia anys que acumulava pols i teranyines en una de les prestatgeries de la meva mansió pogués valer tant? Emocionat, vaig escoltar atentament les explicacions de la professora Picena.

–Aquesta estatueta amb forma de ballarina és una peça d'un joc de sis que Ivan el Terrible, gran príncep de Moscòvia i tsar de totes les Rússies, manà fabricar per celebrar la seva boda amb Anastàsia Romanov, quan ell tenia disset anys.

–Què diu ara! –vaig exclamar jo, impressionat.

–Com ho sents. Ivan IV nasqué a Moscou el 1530 i arribà al tron amb tan sols tretze anys. Quatre anys més tard, als disset, fou coronat tsar de totes les Rússies i, poc després, es casà amb la bella Anastàsia. El tsar era un home cruel i de temperament violent; no en va els seus contemporanis li donaren el sobrenom del Terrible. Això no obstant, tenia una debilitat secreta: era un apassionat de la dansa!

–Què diu! –vaig tornar a exclamar.

La professora Picena assentí amb el cap.

–Les obligacions del tsar no li permetien practicar el ball (com ell hauria desitjat), de manera que va haver de resignar-se, oblidar la seva passió secreta i dedicar-se en cos i ànima a regir el destí del seu país, activitat que demanaria tot el seu temps. Amb tot, sí que es permetia de tant en tant algun capritx. Aquestes estàtues, per exemple, les encarregà a Dimitri Miloska, el millor escultor d'aquella època, i els experts asseguren que foren el seu millor treball. Jo no sé si foren el millor però, de ben segur, sí que foren el darrer: després de donar la seva obra al tsar (el qual quedà summament complagut), l'escultor va desaparèixer en misterioses circumstàncies.

–Què diu! –vaig dir per tercera vegada, completament fascinat.

–Les estatuetes s'han anat perdent amb el pas dels anys. Avui en dia només se'n conserven dues: una al British Museum de Londres i una altra al Louvre, a París. Les altres han desaparegut.

–Desaparegut! –vaig exclamar jo–. I una d'elles era a casa meva!

–Així és, jove amic. Però escolta'm bé: aquestes estatuetes podrien valer milions avui en dia. Crec que el teu rebesavi Turuci ha posat a les teves mans la clau per resoldre tots els teus problemes de capital.

Allò era increïble. Aquella estàtua... ¿una valuosa obra d'art encarregada pel tsar? Jo sabia que el meu rebesavi la tenia en gran estima... Però mai no havia imaginat que pogués valer tant! Veient en aquella peça la sortida a totes les meves dificultats, vaig decidir guardar novament l'estatueta a la bossa quan, de sobte, una enorme cridòria arribà fins a les nostres orelles. Feia la impressió que centenars de veus estiguessin parlant a la vegada, contribuint a formar un confús bullici. Bullici que, per cert, semblava provenir del pati de la universitat. Tan estranyada com jo mateix per aquell curiós fet, la professora Picena s'incorporà del seu seient i es dirigí cap a la finestra per investigar què estava passant.

–Què és tot aquest escàndol? –preguntà, mentre obria la finestra.

Picat per la curiositat, vaig començar a caminar darrere la professora, sense deixar anar la bossa en què havia guardat la meva ballarina i, tal com havia fet la meva amiga, vaig guaitar. El que vaig veure no contribuí a esvair els meus dubtes, sinó que fins i tot els va accentuar. Una multitud corria atropelladament per l'exterior de l'edifici en direcció a la plaça central, alumnes i professors corrent per igual, llançant exclamacions d'entusiasme.

A la llunyania poguérem veure la inconfusible figura del senyor Rigot, el rector de la Universitat de Tapioca. El senyor Rigot és alt i molt prim, i sempre vesteix toga i birret. També ell avançava veloçment cap a la plaça central. Bocabadada per l'espectacle que tenia lloc davant dels nostres ulls, la professora Picena li cridà:

–Rector Rigot! Rector Rigot! Què passa aquí?

–Vingui corrent, professora Picena! –digué el rector, quasi sense alè–. Han desafiat en Bannings!

No vaig comprendre gaire bé què significaven les paraules del rector, però devia tractar-se d'alguna cosa molt important, perquè la professora va fer un bot i es dirigí ràpidament cap al penjador per agafar l'abric i posar-se a córrer ella també. Després em mirà amb les presses dibuixades al rostre i em cridà:

–Vine amb mi, Oz! El rector Rigot diu que han desafiat en Bannings! Això no ens ho podem perdre!

–Però què passa, professora? ¿I qui és aquest Bannings? –vaig preguntar, arrencant a córrer darrere la meva amiga.

–Segueix-me i t'ho explicaré tot!

La professora Picena tancà la porta d'un cop fort i va sortir volant. A pesar de l'edat, els talons de les sabates i la baixa forma física, em sorprengué la velocitat a què aquella dona era capaç de córrer. A mi mateix, entre la sorpresa i el pes de la bossa que duia penjada al braç, em resultava difícil seguir-li el ritme.

–En Bredford Bannings –va dir sense deixar de córrer– és un dels personatges més curiosos d'aquesta universitat.

–És un professor?

–No exactament! Més aviat es tracta d'una me-na de... de consultor... de «solucionador» de problemes.

–«Solucionador» de problemes? –vaig preguntar. Era la primera vegada que sentia aquella paraula.

–Sí, bé... ja t'ho explicaré –digué la professora Picena, a punt de perdre l'alè–. En Bredford té un petit despatx al costat de l'oficina del rector. Moltes vegades, algun dels professors d'aquesta universitat es troba amb un problema que no és capaç de resoldre. Llavors visita en Bannings i, en poc temps, en Bannings troba la solució de qualsevol problema que li puguin presentar.

Encara que la descripció de la professora Picena havia estat una mica vaga, una idea furtiva va llampegar dins el meu cap. Les paraules de la professora sobre les fantàstiques capacitats d'aquell anomenat Bannings per resoldre qualsevol problema em feren evocar un nom, un nom que jo havia llegit incomptables vegades.

–Ui! –vaig exclamar, emocionat–. ¿Una mena de Sherlock Holmes?

Sherlock Holmes. En pronunciar aquell nom no vaig poder evitar que la veu em tremolés. Sherlock Holmes, el gran detectiu, l'investigador més astut del món, el protagonista de *Les aventures de Sherlock Holmes*, *Estudi en escarlata*, *El signe dels quatre* i molts més llibres de sir Arthur Conan Doyle. Sherlock Holmes havia estat el meu heroi durant tota la vida! N'havia llegit totes les històries, me les coneixia de dalt a baix... Fins i tot uns anys enrere, quan la meva situació econòmica encara no era tan penosa com en aquell moment, em vaig permetre el petit capritx de viatjar a Londres. Allí vaig visitar el famós número 221B de Baker Street, que és la casa en què el cèlebre detectiu tenia el despatx, i em vaig comprar una lupa i un barret com els que ell utilitzava, que s'han acabat convertint en el meu petit tresor personal. Un tresor que no vendria ni per tot l'or del món, encara que estigués en la misèria més absoluta! Sherlock Holmes... el meu gran heroi.

Per on anàvem? Ah, sí! La professora i jo anàvem corrent en direcció al pati de la universitat i jo li estava preguntant sobre aquell anomenat Bannings.

–Ui! –acabava de dir–. ¿Una mena de Sherlock Holmes?

–Uf! –respongué ella–. Sí i no. Potser té alguna cosa de Sherlock Holmes, mesclat amb alguna cosa d'Indiana Jones, mesclat amb alguna cosa completament original. El ben cert és que es tracta d'un personatge molt singular.

–I quin tipus de problemes resol?

–Tot tipus! Complicats problemes matemàtics, components per a reaccions químiques, traduccions impossibles d'inscripcions en llengües mortes... Tot! Una vegada em va ajudar a identificar una columna grega que se'm resistia.

–Quin portent! –vaig exclamar–. ¿I aquest home tan intel·ligent no està interessat a impartir classe?

–Oh, el nostre rector, el senyor Rigot, li ho ha proposat moltes vegades, però en Bredford sempre ha declinat l'oferta.

–Increïble!

–En Bredford és així. Diu que s'avorriria d'explicar any rere any les mateixes coses. És un jove molt actiu: un gran esportista, un complet atleta... tot un aventurer. Quan menys t'ho esperes, agafa la motxilla i la caçadora i se'n va a explorar la selva, o a participar en alguna excavació arqueològica en algun paratge perdut. El nostre rector li ho consent, perquè sabem que no podem permetre'ns el luxe de perdre un talent com el del senyor Bannings. Ah! Són aquí! Ja hem arribat!

Havíem arribat a la plaça central de la universitat. Allí, al mig d'un gran cercle de gent, vaig veure per primera vegada l'incomparable senyor Bannings.

En Bredford Bannings era un home alt, d'entre vint i trenta anys. Tenia uns brillants cabells negres que li dibuixaven sobre el front una franja que li queia sobre els ulls. En aquella ocasió portava un elegant vestit gris i corbata, i a la cara se li dibuixava un gest de profunda concentració.

–Doncs a mi no em sembla tan impressionant –vaig comentar.

–Espera i veuràs de què és capaç el nostre amic, el senyor Bannings! –contestà la professora.

Enfront d'en Bredford hi havia un altre home, una mica més alt i més prim, amb els cabells rossos pentinats cap endarrere i les celles curiosament en punta. Aquell home mirava el senyor Bannings amb una expressió desafiadora i somreia d'una manera sinistra. Sense saber ben bé per què, quan el vaig veure, un eriçó em va recórrer l'esquena.

–Qui és aquest? –vaig preguntar.

–Aquest és en Turpin, un antic alumne d'aquesta universitat.

–Turpin –vaig exclamar jo–. Quin nom tan literari!

–Literari? –preguntà la professora, que semblava no haver comprès el meu comentari–. Què vols dir?

–Turpin, ja sap. Com el famós bandoler Dick Turpin, aquell cavaller emmascarat que recorria els camins reparant totes les injustícies que trobava al seu pas. Molts escriptors han narrat les seves mítiques aventures.

–Ai, Oz, Oz... –somrigué la professora–. Em sembla que la teva cultura literària és molt més extensa que la meva. Confesso que mai no havia caigut en la coincidència de noms. Encara que em fa la impressió que el nom és tot el que tenen en comú aquest Turpin i aquell Turpin.

–Per què?

La professora Picena deixà escapar un sospir profund.

–El senyor Turpin era company de classe d'en Bredford. És un home intel·ligent, molt intel·ligent, encara que ni de lluny comparable al senyor Bannings. Potser és per això que sempre hi ha hagut una profunda rivalitat entre ells. Es rumoreja que en Turpin desitjava el càrrec de «solucionador» de problemes que ara té en Bredford, però que el rector preferí aquest darrer. Potser per ressentiment, potser per enveja, o potser per algun altre obscur motiu que mai ningú no ha aconseguit saber, cada cert temps en Turpin es presenta a la universitat i desafia en Bannings a resoldre algun problema irresoluble, desxifrar algun enigma insondable o trobar la solució d'alguna endevinalla diabòlica. Ja veurem què ha ideat aquesta vegada!

Enmig d'en Bannings i en Turpin hi havia un enorme embalum, ocult a la vista per un llençol blanc. En Bredford mirava l'embalum amb cara de concentració.

–Molt bé, Bredford. Estàs preparat?

Sense dir una paraula, en Bredford va assentir amb el cap.

–Perfecte. Aquí tens el desafiament!

En Turpin retirà el llençol que cobria l'objecte misteriós, deixant-lo a la vista: es tractava d'un gran tauler de pedra sobre el qual hi havia dibuixades unes caselles quadrades. Vaig comptar el nombre de caselles: eren vint-i-cinc, distribuïdes en cinc files i cinc columnes. Les caselles dels extrems contenien totes el número 15 escrit amb guix. Les nou caselles centrals no tenien cap número escrit. El tauler, per tant, era més o menys així:

15	15	15	15	15
15				15
15				15
15				15
15	15	15	15	15

En Turpin va començar a explicar:

–L'anomeno «El Quadrat Màgic». En realitat, el desafiament és molt senzill: has d'escriure a les caselles centrals els números de l'1 al 9, sense repetir-ne cap, i de manera que totes les sumes de tres caselles situades a horitzontal, vertical o diagonal, donin 15. Ho has entès?

Per tota resposta, en Bredford tornà a assentir amb el cap i digué:

–Hum...

–Només disposes de cinc minuts per resoldre el problema. Pots sol·licitar una pista: en aquest cas escriuré un número en una de les caselles, el que jo vulgui. Però per cada número que jo escrigui, el temps es reduirà en un minut. Ah! I, per descomptat, no pots utilitzar calculadora. Queda tot clar?

Aquesta vegada en Bredford sí que parlà. Amb una veu potent, respongué:

–Com l'aigua.

En Turpin deixà escapar una rialleta sinistra que sonava més o menys com «hihihihi». Els seus ulls mostraven una estranya brillantor. Tot mirant en Bannings, exclamà:

–Que comenci el desafiament! Et queden cinc minuts!

Ajuda en Bredford Bannings a resoldre aquest enigma.

2

UN DESGRACIAT ACCIDENT

En Turpin posà en marxa el rellotge. Quatre minuts, cinquanta-nou segons. Mentre en Bredford mirava fixament el tauler, entre els assistents començaren a sentir-se uns murmuris. El senyor Pitàgores, el professor d'aritmètica, se'ns acostà i murmurà a l'orella de la professora Picena:

–Quin problema, professora! Em penso que aquesta vegada és massa complicat, fins i tot per a en Bannings.

–No ho cregui, benvolgut amic –respongué la professora–. Apostaria qualsevol cosa que el nostre jove Bannings és capaç de resoldre'l.

–Qualsevol cosa?

–Qualsevol!

–Accepto el tracte!

Em vaig fixar que al voltant dels contendents es començaven a fer apostes com la dels dos professors que eren al meu costat. Aliè a tot el tumult, en Bredford continuava contemplant el tauler, fent càlculs mentals a tota velocitat.

–Et queden tres minuts, Bredford! –cridà en Turpin–. No vols una pista?

En Bannings negà amb el cap. Les apostes s'elevaren encara més. Ara els assistents estaven dividits. La meitat pensava que en Turpin havia trobat el desafiament definitiu que ni tan sols en Bannings era capaç de resoldre en tan poc temps. L'altra meitat confiava cegament en les habilitats d'aquest últim.

–Un minut!

En sentir aquesta frase, un eriçó va recórrer l'esquena de tots els presents. Seria possible? Hauria vençut en Turpin? ¿Això era tot el que podia fer el meravellós Bredford Bannings, de qui tan bé m'havia parlat la professora Picena?

–Trenta segons!

En Bredford continuava mirant el tauler impassiblement. De sobte, els ulls li brillaren d'una manera estranya i la boca se li va tòrcer dibuixant un somriure. Prengué un tros de guix que hi havia damunt el tauler i començà a escriure.

–Deu segons!

Lentament, en Bredford anà omplint les caselles d'una a una. Mirava el tauler amb una expressió divertida. Quan va haver escrit l'última, en Turpin va cridar:

–Temps!

En Bredford s'apartà deixant al descobert la solució de l'enigma:

15	15	15	15	15
15	6	1	8	15
15	7	5	3	15
15	2	9	4	15
15	15	15	15	15

Un silenci expectant acampà enmig dels presents. En un segon, tots començaren a fer les seves sumes per comprovar que la resposta era correcta.

–6 + 1 + 8 = 15! –deien els uns.

–1 + 5 + 9 = 15! –deien els altres.

El professor Pitàgores, molt més exercitat en el càlcul mental que els altres, va fer un pas endavant i va dir:

–La solució és correcta!

Un crit d'alegria inundà la plaça. Tots els presents, haguessin apostat o no per en Bannings, s'uniren a l'uníson en una exclamació d'entusiasme en veure que aquell jove era capaç de resoldre un problema tan complicat. En Turpin observava l'escena vermell de ràbia. Les dents li cruixien de frustració. Alliè al rancor del seu rival, en Bredford Bannings començà a fer bots d'alegria sumit en un mar de felicitacions i d'alabances.

–Ho he aconseguit! Ha, ha! Sóc el més intel·ligent! El número u!

Tan encisat estava a celebrar el seu triomf que ni tan sols mirava cap a on el conduïen els seus bots. La multitud l'aclamava amb crits cada vegada més potents. En Bredford saltava cada vegada més amunt.

–Mira, Oz! Ve cap a nosaltres! –digué la professora Picena.

Els salts d'en Bredford l'anaven acostant cada vegada més cap al lloc en què estàvem situats la professora i jo. El personal embogia d'admiració. Estava tan a prop de mi que quasi el podia tocar. En Bredford féu un nou bot, encara més alt que els anteriors i...

–Atenció! –vaig sentir cridar.

CRASH! PUM! PAM!

El senyor Bannings havia caigut damunt meu i tots dos anàrem a parar a terra.

Sorprès, en Bredford va obrir els ulls de bat a bat i, en veure'ns estesos a l'herba, envermellí sufocat.

–Oh! Perdoni... No sap com ho sento. ¿Que s'ha fet mal? –digué, ajudant-me a alçar-me.

–No es preocupi –vaig dir jo–. No ha estat res.

–Li prego que accepti les meves disculpes, senyor...

–Oz –em vaig avançar jo–. Em dic Oz.

–Oz! Quin nom més estrany! ¿No deu tenir res a veure amb cert famós bruixot?

–El Bruixot d'Oz? ¿El del llibre de Lyman Frank Baum? –vaig bromejar–. No, ho sento molt. No hi ha cap bruixot a la meva família. Almenys entre els meus parents més propers, encara que molta gent diu que la meva tia Tufa és una mica bruixa, però penso que és per altres motius. Que jo sàpiga, ni jo ni ningú dels meus avantpassats hem donat mostres de posseir habilitats màgiques.

–Doncs és una llàstima –continuà en Bannings–. Si fos així, li podria demanar que m'enviés enrere en el temps i em permetés evitar aquest incident tan vergonyós.

–No s'amoïni. No ha estat res.

–Ja que no puc reparar-ho, deixi que almenys li presenti les meves disculpes –va insistir ell, sentint-se culpable–. Cregui'm que ho lamento. M'he deixat portar per l'entusiasme.

–Estic bé, de veritat.

En Bredford em mirà alleugerit. La professora Picena, que havia romàs al meu costat en tot moment, dedicà al senyor Bannings una mirada de retret mentre m'acostava la meva bossa.

–Té, Oz. T'ha caigut.

No me n'havia adonat, però amb tot el rebombori de la caiguda, la bossa en què guardava l'estatueta de la ballarina s'havia desprès de la meva mà. Vaig obrir la bossa per comprovar que el contingut no havia patit cap desperfecte, vaig extreure'n l'estatueta i...

Oh, no!

Quina mala sort!

L'estatueta s'havia trencat!

Segurament havia estat a causa del cop de la caiguda. El cas és que quan vaig extreure la figureta de la bossa, aquesta s'havia trencat en mil trossos. Destrossada. Feta miquetes. En veure allò, un gran pesar es va apoderar de mi. No podia ser cert! No podia estar passant! Aquella estatueta, que havia de ser el remei a tots els meus problemes, havia quedat reduïda a fragments sense cap valor.

El senyor Bannings continuava mirant-me sense arribar a comprendre tot el que estava passant. Intuïa que el meu estat de desesperació tenia a veure amb la nostra caiguda, encara que no podia endevinar res més. Amb un gest culpable, es dirigí a la professora Picena.

–Què hi havia dins d'aquesta bossa, professora?

–Ai, benvolgut Bredford! Aquesta bossa contenia una estatueta valuosíssima, per la qual hauríem pogut obtenir una fortuna! Però ara està trencada!

Sentint-me colpejat per la tristor, vaig deixar caure la bossa i vaig començar a sanglotar. Havia estat tan a prop de la fi de les meves dificultats! Els fragments de l'estatueta s'escamparen desordenadament per terra. El senyor Bannings, sentint-se encara més culpable, intentà arreplegar-los per si hi havia alguna possibilitat de tornar a enganxar-los amb cola, encara que ben bé sabia que no seria possible: l'estàtua s'havia fet miquetes.

–No t'amoïnis –intentava consolar-me la professora–. Ja trobarem alguna altra solució.

Jo continuava sanglotant desesperadament, aliè als intents dels presents per remeiar la situació. En Bredford arreplegava fragments, la professora Picena mirava de consolar-me en va. De sobte, en Bredford digué:

–Quina cosa més curiosa! ¿Sabia que l'estàtua estava buida?

–Com diu? –vaig preguntar jo, eixugant-me les llagrimotes.

En Bredford s'incorporà i em va mostrar els trossos que havia arreplegat.

–L'estatueta, que pel que sembla era una ballarina (una ballarina russa del segle XVI, per a més detalls), estava buida per dins, de manera que podia amagar petits objectes. De fet, algú hi havia ficat una nota.

–Una nota? Deixi-m'ho veure!

En Bannings m'oferí un petit tros de paper acuradament doblegat que, segons semblava, estava amagat dins l'estatueta de la ballarina. Feia la impressió de ser molt antic, ja que el paper s'havia engroguit. Amb molta atenció, el vaig desplegar per veure què hi havia escrit sobre aquella superfície rugosa. Amb certa dificultat vaig poder llegir:

INTRÈPID AVENTURER:
LA FORTUNA SOMRIU ALS QUE POSSEEIXEN ESPERIT INDÒMIT, MENT RÀPIDA I COR NOBLE. ESCOLTA AQUESTA, L'ÚLTIMA VOLUNTAT D'UN VELL MORIBUND. POTSER TU QUE LLEGEIXES AQUESTES LÍNIES SERÀS EL DIGNE HEREU DE LA MEVA FORTUNA. RIQUESES SENSE LÍMIT ESPEREN ALS QUE GOSEN AVENTURAR-SE EN LES PROFUNDITATS DE LA MEVA MANSIÓ. PERÒ ATENCIÓ! TRAMPES MORTÍ-

Feres i perills sense nom custodien el camí cap al tresor. El teu valor i la teva intrepidesa seran provats: si superes totes les proves, t'esperen riqueses que ni tan sols has gosat somiar. Però si la teva decisió flaqueja... llavors hauràs d'afrontar un terrible destí.
Pensa-ho bé, oh aventurer. Riqueses sense límit o terrible destí. Glòria o mort. I si decideixes aventurar-te en els meus dominis, descendeix fins que ja no puguis més, mira al nord i pregunta't: què no hauria de ser aquí?
Bona sort. En necessitaràs.
El Vell Turuci

–Valga'm Déu! Aquesta carta és del meu rebesavi Turuci! Ara entenc per què li tenia tanta estima, a aquesta estatueta!

–És un missatge secret! –digué la professora–. Va amagar un missatge secret a l'interior de la ballarina!

–Així és –vaig assentir–. I pel que s'ha vist no fou l'única cosa que amagà. Segons diu en el missatge, hi ha un enorme tresor soterrat a la mansió.

–Oz! Això és fantàstic!

Vaig assentir amb el cap, encara que amb poc entusiasme.

–Ara que hi penso –explicà la professora–, sempre s'havia dit que el teu rebesavi amagava alguna cosa a la seva mansió. Jo era a penes una nena quan va morir i, per tant, no te'n puc contar gaires detalls. El que sí que recordo és que es rumorejava que en Turuci era l'home més ric de tota la regió. Això no obstant, en el seu testament només apareixia la casa; res més. Ni una mísera moneda. En Turuci no tenia diners al banc i la seva caixa forta estava buida. Els hereus de Turuci, entre els quals hi havia el teu avi Balbo i el teu oncle avi Ronco, convençuts que el seu avi devia haver amagat els diners en algun altre lloc, remogueren cel i terra per trobar qualsevol cosa de més, però no tingueren sort. De fet, fou a partir de llavors que la teva família es veié sumida en els compromisos econòmics en què ara et trobes tu, benvolgut amic.

–Quina cosa més curiosa! Ningú no m'ho havia contat mai!

–Bé, es tracta de coses que van passar fa molt de temps. Però ara és diferent! Potser encara hi ha esperances de resoldre tots els teus problemes!

–Un moment, un moment... –vaig dir–. Suposant que és veritat que hi ha un tresor soterrat sota casa meva, el missatge no diu exactament on és. Encara més, el missatge adverteix que el tresor està custodiat per nombroses trampes i perills terribles, potser mortals. Fins i tot suposant que el tresor existeix, potser es tracta d'una empresa massa arriscada per a mi.

–Però, Oz –protestà la professora–. ¿Deixaràs passar aquesta oportunitat? ¿I si ho aconsegueixes?

–I si no? Professora... vostè sap que no sóc el que es diu un aventurer. Amb prou feines he sortit de casa. Ni tan sols estic en bona forma física! Conec el risc i l'emoció només pels llibres, però mai no els he experimentat en la meva pròpia pell. I si és massa per a mi? I si no sóc capaç d'afrontar aquests perills? I si tinc un accident... o alguna cosa pitjor? No, professora. Continuaré sent pobre... però almenys seré un pobre viu i amb bona salut. No hi ha cap altra opció.

–Ehem, ehem!

La professora i jo ens vam girar al mateix temps. A la nostra esquena hi havia en Bredford Bannings, que havia observat tota l'escena en silenci.

–Potser sí que té una altra opció –digué, amb un somriure als llavis.

–Quina? –vaig preguntar intrigat.

–Jo l'ajudaré!

–Vostè? –vam exclamar a l'uníson la professora i jo.

–Per descomptat que jo! Què necessita? Un aventurer? Jo sóc un aventurer! ¿Algú capaç de resoldre enigmes? La meva feina és resoldre enigmes! ¿Una persona acostumada als desafiaments? Ja ha vist que cada cert temps m'he d'enfrontar a un! Seriosament... si hi ha algun home adequat per buscar aquest tresor, sens dubte sóc jo. Puc ajudar-lo. Potser d'aquesta manera podré compensar-lo per haver-li trencat l'estatueta. Què em diu?

La professora Picena i jo ens vam mirar fixament durant uns segons. L'expressió de la seva cara donava a entendre que a ella li semblava una bona proposta. Jo continuava estant una mica reticent, perquè el contingut d'aquella nota m'havia posat els pèls de punta. Finalment, a pesar de tots els meus dubtes, vaig accedir-hi.

–Està bé... –vaig dir–. Si m'ajuda, compartirem el tresor, meitat i meitat. D'acord?

–Oh, no! –negà en Bredford enèrgicament–. De veritat, jo no tinc cap necessitat de di-

ners i, pel que es veu, vostè sí. Ho faré tan sols pel simple plaer de l'aventura i per intentar reparar d'alguna manera la destrossa que he provocat. Aquestes seran les meves recompenses.

Vaig assentir amb el cap, sentia que la idea començava a il·lusionar-me. En Bredford Bannings i jo buscant un tresor soterrat sota casa meva! Allò era digne dels millors llibres d'aventures que havia llegit mai! Vam segellar el nostre pacte amb una encaixada i vam començar a planejar la nostra estratègia.

–I on diu que és, aquesta mansió seva? –preguntà en Bannings.

–És la casa de damunt del tossal –vaig respondre–. S'anomena Tibuti Manor.

3

TIBUTI MANOR

Enmig del no-res, envoltada de mar pels quatre costats, hi ha Pescolàndia, l'illa on visc. Pescolàndia és tan petita i està tan apartada de terra ferma que quasi mai no surt als mapes, perquè les persones que dibuixen els mapes solen oblidar-se que existeix. Tampoc no hi arriben gaires avions, a Pescolàndia, a causa, precisament, del seu emplaçament inaccessible. Comproveu-ho vosaltres mateixos! La propera vegada que aneu a un aeroport, pregunteu quan surt el pròxim avió a Pescolàndia. Em jugo amb vosaltres les llepolies d'un mes que ningú no és capaç de contestar-vos!

Tot i que és una illa petita, Pescolàndia és un lloc meravellós, que no té res a envejar a altres llocs del món. Aquí el cel és d'un color blau intens, i el mar juga nit i dia amb la sorra de la platja. Tenim arbres que creixen amb força buscant el cel i les flors esquitxen els camps com gotetes de color. A més, no ens manca cap comoditat: tenim el nostre propi ajuntament (l'Ajuntament de Pescolàndia), la nostra universitat, la Universitat de Tapioca (on treballa la meva amiga, la professora Picena)... i fins i tot tenim la nostra pròpia emissora de televisió, la PTV (Pescolàndia Televisió, el nom no és gaire original).

Al bell mig de Pescolàndia, al punt més alt del tossal més alt de tota l'illa, hi ha casa meva, Tibuti Manor.

Si s'observava de nit, Tibuti Manor semblava una mansió sinistra. En altres temps, el tossal que coronava havia estat un bell paratge, sempre encatifat d'una gespa d'intens color verd, i envoltat d'alts i frondosos arbres on els pardals piulaven alegrement. Però el temps i els problemes econòmics havien deixat empremta tant en la casa com als voltants. Ja no hi havia arbres i el bell color verd havia estat substituït per un color marró terrós, des que no hi havia un jardiner que s'ocupés de tot allò. També la casa estava ara en un estat lamentable. La fusta de les parets mostrava símptomes d'estar corcada, la pintura s'havia anat perdent i mostrava nombrosos esvorancs que n'enlletgien l'aparença, la teulada estava descuidada, els vidres bruts. A la nit semblava una mansió misteriosa. A plena llum, simplement semblava una casa molt trista.

No obstant això, aquesta casa havia pertangut als meus avantpassats durant generacions. És clar que podia haver-la venut i haver-me'n anat a viure a algun lloc més modest, però li tenia molt afecte i no em decidia del tot a anar-me'n d'allí.

A l'hora convinguda, en Bredford es va presentar a casa meva. Havíem decidit començar aviat, per tal d'aprofitar bé la jornada. Tot just vaig sentir el timbre de la porta, vaig baixar corrent les escales, desbordant d'entusiasme, i vaig obrir, impacient per desentranyar tots els misteris que el vell rebesavi Turuci havia disposat als soterranis de la mansió. L'aspecte d'en Bredford semblava lleugerament diferent del que jo havia pogut contemplar el dia anterior: ara ja no portava l'elegant vestit gris que utilitzava al campus de la Universitat de Tapioca. Al seu lloc, el senyor Bannings havia preferit posar-se uns pantalons texans amb pinta de tenir prou anys i una caçadora marró. Duia penjada a l'espatlla una petita bossa, on segurament guardava tots aquells instruments que podríem utilitzar en la nostra arriscada expedició. Els seus ulls desprenien una brillantor d'enorme entusiasme.

–Bon dia! Bon dia! –exclamà en veure'm.

–Bon dia, senyor Bannings –vaig respondre–. Veig que avui ha triat un altre vestit.

–La manera de vestir –explicà en Bannings–, com tantes altres coses, s'ha d'adaptar a les circumstàncies, benvolgut amic. Quan sóc al meu despatx de la universitat procuro vestir al més elegantment possible, ja que la meva feina sovint implica tenir entrevistes amb gent de gran categoria. Però quan surto a una expedició... llavors trio el vestuari en funció de les possibles situacions amb què puc trobar-me. Ni més ni menys. Però deixem-nos de xerrades! No hi ha res millor per començar el dia que l'aroma d'una bona aventura.

–Certament, em resulta sorprenent que afronti d'aquesta manera una empresa que pot resultar tan perillosa.

–El perill és la meva feina, benvolgut Oz! Quan s'ha tastat una vegada, es converteix en una espècie de costum. Vostè també fruirà d'aquesta recerca del tresor, li ho puc assegurar.

El vaig fer passar a l'interior de la casa.

–Hum... –digué en Bredford–. Li he de dir que em sembla una casa preciosa. Llàstima que el seu estat no sigui el més adequat. No tinc cap dubte que fou una mansió magnífica en altres temps.

–Oh, sí! Ho fou! –vaig explicar–. Aquesta casa ha pertangut als meus avantpassats durant generacions. El seu propi nom així ho indica: Tibuti Manor. *Tibuti* era el nom antic de la meva família, mentre que *Manor*...

–... *Manor* significa 'casa senyorial', ho sé –m'interrompé ell–. Això vol dir que els seus avantpassats eren gent molt poderosa.

–En efecte. La família Tibuti era una de les famílies més influents de tot Pescolàndia. Entre els meus avantpassats figuren científics, polítics, inventors, escriptors, músics, homes d'estat i tot tipus de gent important. Desgraciadament, sembla que els dies de glòria de la meva família han passat.

–No digui aquestes coses, benvolgut amic! És possible que la nostra aventura d'avui superi amb escreix els èxits dels seus avantpassats. Però no parlem més! Estic ansiós per començar! ¿Té la carta que vam trobar dins l'estatueta?

–Aquí la té! –vaig respondre, mostrant-li el missatge–. L'he llegida i rellegida aquesta nit per veure si podia esbrinar alguna cosa més.

–I a quines conclusions ha arribat?

–La veritat és que a cap. La carta només diu: «descendeix fins que ja no puguis més».

En Bredford agafà el missatge i rellegí la línia en qüestió.

–«Descendeix fins que ja no puguis més» –repetí, amb una expressió de concentració–. Hum... li diu alguna cosa?

–Doncs no ho sé –vaig admetre–. Tret que sigui baixar al centre de la Terra...

Els llavis d'en Bannings van dibuixar un somriure.

–Ha, ha, ha. Bona resposta, benvolgut amic. De fet, certa vegada un grup de científics em van demanar que els guiés en una empresa semblant. Això fou fa algun temps, quan vaig estar de vacances a Islàndia... però no divaguem. Ja li contaré aquesta aventura en una altra ocasió. De moment, temo que el que se'ns demana en aquesta frase és una miqueta més senzill que tot això. Tingui en compte que el tresor està sepultat a sota d'aquesta casa... ¿i quina és la part més profunda de la casa?

–El soterrani? –vaig dir jo, amb cert temor.

–Exacte! Em jugo amb vostè qualsevol cosa que aquest serà un bon lloc per on començar les nostres perquisicions.

–És clar! El soterrani! ¿Com és que no se m'havia acudit abans? –vaig dir, notant que la cara començava a posar-se'm de color vermell–. Mira que sóc babau!

–No es preocupi, Oz –em tranquil·litzà en Bredford–. Encara no està gaire familiaritzat amb això de resoldre enigmes, però tranquil. Li asseguro que d'aquí a no res farem de vostè tot un expert. Ara... ¿per on es baixa al soterrani?

Sentint-me una mica menys avergonyit, vaig mostrar a en Bannings la petita porta que hi havia sota les escales i que conduïa al soterrani de la mansió. Feia molt de temps que no hi havia baixat. De fet, les frontisses de la porta estaven rovellades, i la fusta estava una mica inflada per la humitat.

–Ajudi'm –digué en Bredford, extraient una palanca del petit sarró que portava damunt–. Si pressionem entre tots dos, ho aconseguirem.

En Bannings introduí un dels extrems de la palanca en el buit entre la porta i el marc, i tots dos ens posàrem a empènyer amb totes les nostres forces. Finalment, la porta cedí i s'obrí tot deixant anar un esclafit.

–Via lliure! –digué en Bredford, tornant a guardar la palanca a la bossa.

El soterrani estava completament a les fosques i un fred humit inundava l'ambient. A mesura que descendíem els escalons del soterrani, aquests cruixien sota la pressió dels nostres peus. La foscor era cada vegada més densa, més tancada.

–No hi ha llum, en aquest soterrani? –preguntà en Bannings.

–Em penso que sí, encara que no n'estic segur. Buscaré l'interruptor.

Quasi a cegues, vaig anar temptejant la paret amb la mà per veure si trobava alguna cosa que pogués dissipar les tenebres. Quan ja quasi havíem arribat al fons, els meus dits toparen amb una petita irregularitat a la paret. Un interruptor! Sense pensar-m'hi dues vegades, el vaig accionar. A l'instant, una minúscula pereta, que penjava d'un cable a meitat del sostre de l'estança, començà a lluir tímidament.

–Bé –digué en Bredford–. És millor que res.

Havíem arribat al soterrani. Era una habitació petita, quadrada, amb el sostre baix. De tant de temps que feia que estava tancada, el seu aspecte era deplorable: estava ronyosa i descuidada. Taques enormes d'humitat es feien visibles aquí i allà. En una de les parets hi havia un moble ple de cascos buits d'ampolles de vi, record de quan els meus avantpassats es dedicaven al cultiu de raïm. En una altra paret havien apilat un munt de caixes de cartró, ara terriblement deteriorades pel temps i la humitat. La tercera paret estava oculta darrere d'un armari que un dia va servir com a rebost, però que ara tan sols contenia pols. De la quarta de les parets partia l'escala que conduïa a la planta principal, per on nosaltres acabàvem de descendir.

–Ja som aquí –vaig dir–. I ara?

–Què diu el missatge?

–Diu: «mira al nord».

–Perfecte. Doncs això és el que farem. Mirar al nord.

–I com sabrem on és el nord?

–Amb la meva gran amiga Violeta.

En dir aquestes paraules, en Bredford extragué una petita brúixola de la bossa.

–Violeta? –vaig preguntar estranyat.

En Bredford va assentir, divertit.

–No s'imagina com d'útil és portar una brúixola damunt, sobretot quan se surt a la recerca d'aventures: aleshores és quasi imprescindible. Aquesta me la va regalar mon pare quan jo tenia nou anys, i des de llavors la porto sempre amb mi. Li tinc molt d'afecte.

Vaig observar amb atenció l'objecte que en Bannings extreia del sarró: es tractava d'una brúixola petita, circular, amb la part inferior metàl·lica d'un curiós color violeta i amb un vidre a la part superior que permetia veure l'agulla central. Em vaig fixar que la superfície presentava nombrosos abonyegaments, la qual cosa indicava que aquell instrument havia estat utilitzat moltes vegades. En Bannings continuà explicant:

–L'agulla d'una brúixola és, en realitat, un petit imant que pot girar al voltant del seu centre. El més curiós de l'assumpte és que el mateix planeta Terra és un altre imant: un imant immens amb forma esfèrica, com una pilota gegantina, surant en l'espai. Gràcies a això, l'agulla de l'imant s'orienta sempre de manera que apunta cap al nord de la Terra. Així, nosaltres podem saber les direccions dels punts cardinals siguem on siguem: l'agulla sempre assenyala el nord. Si ens col·loquem mirant cap al nord, a la nostra dreta tenim l'est, a la nostra esquerra tenim l'oest, i darrere de nosaltres, a la nostra esquena, el sud.

–Que interessant! –vaig exclamar jo.

–I si la meva benvolguda Violeta no m'enganya, el nord és... just aquí!

En Bredford assenyalà amb el dit la paret sobre la qual estaven recolzades les caixes de cartró.

–Només veig caixes! –vaig dir.

–Segur que el que nosaltres busquem és darrere d'aquestes caixes. Ajudi'm!

Ambdós ens posàrem mà a l'obra.

De seguida ens adonàrem que, en realitat, les caixes eren buides, de manera que no demanaria gaire esforç traslladar-les d'un lloc a un altre. En agafar una de les caixes vaig veure que la paret del fons estava feta de grans blocs de pedra col·locats els uns damunt dels altres. Em vaig fixar que en el bloc de pedra situat darrere de la caixa que jo havia apartat hi havia el que semblava ser una inscripció gravada.

–Bredford! –vaig cridar–. Vingui a veure això!

D'un bot, en Bredford es plantà al meu costat.

–Hum... que curiós! Aquí hi posa «Floc». Vingui, Oz! Ajudi'm! Anem per bon camí!

Amb forces renovades pel descobriment que acabàvem de fer, continuàrem apartant les caixes. Aviat la paret del fons estigué completament al descobert. Llavors vam comprovar que la inscripció que havíem trobat no era l'única: sis inscripcions més sobre els blocs de pedra s'havien afegit a l'anterior.

La llista completa de paraules que podien llegir-se sobre aquella paret era aquesta:

GÀBIA, FLOC, CANGREA, COVA, TRINQUET, MAJOR, MESSANA

Desconcertat, em vaig dirigir a en Bredford a la recerca d'orientació.

–I ara què se suposa que hem de fer?

–Ja ho veurem. Què diu el missatge secret?

–El missatge diu: «Què no hauria de ser aquí?». I res més.

En Bredford tornà a fixar la mirada a la paret, amb un gest de profunda concentració.

–Es tracta d'un enigma, Oz. El que el missatge ens diu és que en aquesta llista hi ha una paraula que no és com les altres i nosaltres l'hem de trobar. És a dir, que totes estan relacionades, menys una. Quina?

Ajuda en Bredford Bannings a resoldre aquest enigma.

4

DESCENS CAP A LA FOSCOR

Vaig tornar a llegir les inscripcions de la paret. Sabia que una era diferent de la resta. Havia de trobar alguna cosa, una característica comuna a totes excepte a una, però no aconseguia endevinar quina era. En Bredford es girà cap a mi. L'expressió de concentració havia desaparegut dels seus ulls i havia estat reemplaçada per un somriure de satisfacció. Alguna cosa em deia que en Bredford ja coneixia la resposta al nostre problema.

–Alguna idea, Oz? ¿Ja sap quina és la paraula que sobra?

–Francament, Bredford, no en tinc ni la més petita idea. Vostè sí?

–Va, Oz, intenti descobrir-ho vostè mateix. Sé que pot fer-ho. Jo l'hi ajudaré. Sap què és una *gàbia*?

–Una *gàbia*? –vaig contestar–. Doncs sí. Es tracta d'una espècie de caixa tancada amb barres, o llistons, o fils d'aram, on es guarden animals, no? El meu oncle avi Ronco en tenia moltes per guardar els seus ocellets de colors.

En Bredford somrigué davant la meva resposta.

–Ha, ha. Vaja, té raó. Així és, això és una gàbia. Malgrat tot, aquesta paraula també té un altre significat. El coneix?

Vaig intentar fer memòria.

–Ah, sí! Ara ho recordo! Una *gàbia* és una de les veles d'un vaixell!

En Bredford accentuà un pèl més el seu somriure i m'explicà:

–Concretament, la *gàbia* fa referència a dues coses dins d'un context marítim: és la vela que s'hissa en el masteler del pal principal d'una nau. Però també s'anomena així una verga: una peça encreuada sobre el pal per assegurar les veles. La verga gàbia és la verga on va envergada la vela gàbia.

–És veritat! Ho havia oblidat! I això que he llegit centenars de llibres sobre el mar i sobre vaixells: *L'illa del tresor*, *Moby Dick*...!

–Doncs continuï fent memòria –respongué en Bredford, divertit–. ¿Recorda el significat de la paraula *floc*?

–Per descomptat. Un *floc* és una vela d'un vaixell.

–Exacte! –En Bredford semblava entusiasmat–. I què tenen en comú un floc i una gàbia?

–Que tots dos són part d'un vaixell?

–Amic Oz... ¿veu com vostè és completament capaç de resoldre un enigma? Totes les paraules que hi ha escrites en aquesta paret són termes nàutics! La *cangrea* és una de les veles del vaixell. El *trinquet* és un dels pals: el que està més a prop de la proa, que és la part davantera. El *major* és un altre pal, el pal central, que és el que subjecta la vela principal. El pal més pròxim a la part de darrere, o popa, rep el nom de *messana*. Aquí té la relació, benvolgut amic! Es tracta de termes nàutics! Tots excepte un!

–*Cova!* –vaig exclamar.

–Això mateix! *Cova!* Aquesta és la paraula que sobra en la nostra llista!

Aquella demostració d'habilitats m'acabava de deixar impressionat. Boig d'alegria, vaig dir a en Bredford:

–Bredford! És un geni! Els seus coneixements sobre nàutica rivalitzarien amb els del millor pirata! Fins i tot amb els del cèlebre Long John Silver!

–Long John Silver? ¿Es refereix al famós pirata coix que apareix a *L'illa del tresor*, de Robert Louis Stevenson?

–Aquest mateix!

–Oh! –exclamà en Bannings–. *L'illa del tresor*. Quins records més meravellosos! Em va encisar, aquest llibre!

–L'ha llegit?

–Bromeja? Per descomptat que sí! I unes quantes vegades, a més. La primera vegada que el vaig llegir em va deixar impressionat.

–A mi també –vaig dir, entusiasmat de compartir la meva afició amb en Bannings–. Recordo que em va impactar la personalitat de John Silver, el pirata; tan intel·ligent i a la vegada tan sinistre, tan ambigu...

–Ambigu? –preguntà en Bredford–. Per què diu ambigu?

Em vaig encongir d'espatlles, buscant una explicació.

–Era la sensació que tenia quan llegia la novel·la, sap? És impossible saber si el pirata és algú en qui es pot confiar o no. Al principi fa la impressió de ser un tipus molt divertit disposat a ajudar el protagonista, el jove Jim Hawkins, a trobar el tresor. Després resulta que és un malvat que pretén enganyar-lo i quedar-s'ho tot. I després...

–Ah –sospirà en Bannings, amb una brillantor nostàlgica a la mirada–, quins records. *L'illa del tresor*, Jim Hawkins, el gran pirata Long John Silver...

–Doncs pel que es veu, vostè no es queda enrere. Ha demostrat tenir uns coneixements sobre navegació comparables als del mateix Silver.

–Oh, vinga, vinga... –respongué en Bannings, intentant treure-hi importància, encara que envermellia pel compliment–. Tampoc no n'hi ha per a tant. Conec l'ambient marí perquè en moltes de les meves aventures m'he vist obligat a formar part de la tripulació d'algun vaixell. En concret, recordo una vegada en què tot vorejant les costes del Carib... Però no divaguem. Ja li contaré aquesta aventura en una altra ocasió. De moment, ja hem esbrinat quina és la paraula que sobra.

–Sí, *cova*. I ara què fem? –vaig preguntar.

–Ara hem de mirar. Normalment hi ha algun ressort ocult que cal prémer, o alguna cosa per l'estil.

–On?

–Just aquí!

En Bredford va empènyer la pedra en què estava gravada la paraula *cova*. La pedra s'enfonsà amb facilitat sota la pressió que exercia el meu amic, emetent un soroll sord que s'amplificava per moments. En Bredford i jo ens miràrem l'un a l'altre, preguntant-nos què passaria aleshores. Però no vam tenir temps de preguntar-nos-ho massa. Sobtadament, el terra sota els nostres peus desaparegué.

–Aaaaaaaaaaaaaaaaaah! –cridàrem a l'uníson, mentre quèiem tot endinsant-nos en la foscor.

Nosaltres no ho podíem saber, però algú més, un personatge no invitat, havia presenciat tota l'escena. Quan en Bredford i jo caiguérem pel forat, una misteriosa silueta, que fins al moment havia estat oculta en la penombra del soterrani, emergí de les ombres i es dirigí cap a la vora de l'obertura. Amb molta atenció guaità la nostra caiguda, deixant anar una rialleta sinistra que sonava més o menys com «hihihihi».

En Bredford i jo descendíem a tota velocitat per una mena de tobogan excavat a la part subterrània de la mansió. El nostre trajecte traçava corbes impossibles; giràvem a dreta i a esquerra, amunt i avall, de manera imprevista. En Bredford anava davant, obrint el pas. Jo anava darrere, amb els ulls tancats per no marejar-me i cridant tan fort que corria perill de perdre la veu. De sobte, vaig sentir davant meu en Bredford cridar:

–Ànim, Oz! Ja es veu una llum al fons! Devem estar a punt d'arribar! Prepari's per a la...

El túnel pel qual lliscàvem acabava abruptament en una espècie de cova. Sortírem disparats, mentre en Bannings continuava cridant:

–...caigudaaaaaaaa!

Amb un cop sec ens vam estavellar contra el terra de la cova, tots dos fets un cabdell. L'impacte fou tan fort que vaig estar a punt de perdre el coneixement, encara que el cos del meu amic, que anava davant meu, l'amortí en certa manera. El vertiginós descens pel túnel i l'accidentada caiguda m'havien deixat completament desorientat. En Bannings fou el primer a reaccionar.

–Oz –va dir, mentre intentava incorporar-se–. Està bé?

–Sí, sí... –vaig respondre, arreplegant forces–. Crec que sí.

Amb certa dificultat em vaig alçar de terra. No es veia res. Estàvem completament sumits en la foscor. Devíem ser en una gran caverna, o sala espaiosa, perquè no hi havia cap senyal de parets a prop. Semblava que els nostres ulls no eren capaços de penetrar les denses tenebres que ens embolicaven. Vaig aguditzar tots els sentits per intentar percebre quelcom, però tot semblava inútil. Tan sols vaig aconseguir veure uns petits puntets de llum movent-se per terra, que vaig suposar que eren encara els efectes del cop. De fet, semblava que m'havia afectat més del que em pensava, perquè notava a les meves orelles una mena de brunzit agut.

–On som, Bredford? –vaig preguntar.

–No ho sé, Oz. No puc veure res, excepte aquests puntets lluminosos que es mouen.

–Vostè també els veu? Em pensava que eren el resultat de la nostra caiguda.

–Un moment! Crec que tinc una llanterna a la meva bossa!

Encara que no podia veure res, vaig sentir com en Bannings rebuscava a cegues entre les seves coses per tal de trobar algun instrument útil amb què dissipar la foscor. Uns instants després va exclamar:

–Ja la tinc!

I un doll de llum, provinent de les mans del meu amic, il·luminà l'estança en què ens trobàvem. Efectivament, es tractava d'una enorme cova, plena d'estalactites i estalagmites. La llum de la llanterna d'en Bannings enfocà el sostre, que estava a una gran altura. Just damunt de nosaltres vam veure l'obertura per la qual, sens dubte, havíem arribat.

–¿Sóc només jo o vostè també nota aquest brunzit, Oz? –preguntà en Bannings.

–Brunzit? –vaig respondre, intrigat–. Sí! Jo també el sento! Una espècie de xiulet agut! Però em pensava que eren els efectes del cop!

–Doncs es veu que no és així. És més. Em fa la sensació que el brunzit i els puntets lluminosos tenen alguna cosa a veure.

Intrigat, en Bannings va enfocar amb la llanterna el terra de la caverna. La visió va fer que se'ns ericessin els pèls.

Eren rates!

5

DESAGRADABLE COMPANYIA

Rates! Centenars, milers, milions de rates! Els puntets lluminosos que vèiem lliscar eren els seus petits ulls brillants. Aquell misteriós brunzit que arribava fins a les nostres orelles eren els crits aguts d'un munt de diminuts rosegadors que cobrien el terra de la caverna. La visió m'afectà de tal manera que no vaig poder reprimir un crit.

–Auxili! Estem envoltats de rates!

–Oz! –digué en Bannings, mantenint la calma–. Tranquil·litzi's! No perdi els nervis!

–No puc! –vaig cridar–. Odio les rates! M'agraden els gossos, els gats i els canaris. Fins i tot els ratolinets; no hi tinc res en contra, dels ratolinets. És més, m'agraden els ratolinets. Però les rates no! No les suporto! Els he tingut por durant tota la meva vida! No les puc veure!

–No s'amoïni, Oz! Aquí no li faran res! Estem fora de perill!

Intrigat per la resposta d'en Bannings, vaig mirar al voltant. El meu amic enfocava amb la llanterna cap avall, mostrant-me exactament quina era la nostra posició. Érem damunt d'una mena de plataforma elevada uns trenta centímetres sobre el nivell del terra, on hi havia les rates. Al voltant de la plataforma hi havia una espècie de fossat estret, de no més de vint centímetres, ple d'un líquid de color verd. Una olor desagradable provenia d'aquell fossat.

–Suposo que el líquid manté allunyades les rates –explicà en Bredford–. De moment no hem de témer res.

Vaig sospirar alleujat. Almenys de moment no m'havia de preocupar per aquells animals repugnants. Pel que es veia, el rebesavi Turuci ens posaria les coses difícils.

–No ens deturem –digué en Bannings–. Hem de trobar la sortida d'aquest lloc. I ràpid. Vegem. ¿Hi ha alguna cosa que indiqui el camí?

–Bredford! –vaig dir jo, que havia cregut veure alguna cosa en la foscor–. Miri allí! Sembla que hi ha una cosa pintada en una estalactita!

En Bannings il·luminà amb la llanterna el lloc que jo li indicava. No hi havia cap dubte: es tractava d'una fletxa pintada sobre la roca.

–Té raó, Oz! Aquesta fletxa indica el camí que hem de seguir!

–I cap on apunta?

En Bredford engolí saliva, tement pronunciar la resposta a aquella pregunta.

–Cap a on hi ha les rates.

–No! –vaig exclamar en sentir aquella resposta–. M'hi nego! M'hi nego en rodó! Ni per tot l'or del món!

–Oz! –respongué en Bredford–. Calmi's! No es deixi dominar pels nervis!

–Calmi's vostè! –vaig contestar amb brusquedat–. Jo me'n torno a casa! Ja no vull tresors! Jo estava molt tranquil amb els meus llibres i amb els meus deutes fins que vaig haver de trobar la condemnada estatueta! I ara he de creuar una cova fosca i sinistra que, per si no fos prou, és plena de rates fastigoses i de Déu sap què més! Doncs ja en tinc prou! Jo passo! Adéu al tresor! Quedi-se'l vostè! Jo me'n torno!

–I per on se suposa que se'n tornarà, eh? –digué en Bannings.

Em vaig aturar uns instants a meditar les paraules del meu company. Vaig mirar cap amunt: l'obertura per la qual havíem caigut estava massa alta per arribar-hi. I una vegada allí, sabia que el túnel pel qual havíem lliscat era tan empinat que remuntar-lo era del tot impossible.

–No tenim cap més opció! –digué en Bredford, conservant la sang freda–. Des del moment que hem caigut per l'obertura estem atrapats aquí. No tenim més alternativa que continuar avançant i confiar en el nostre valor. Oz, el necessito en plenes facultats. Ens necessitem, l'un a l'altre, si volem sortir d'aquí.

Una mica més tranquil, vaig sospesar les paraules del meu company. Tenia raó. Volgués o no, no teníem més remei que sotmetre'ns a les proves que el meu rebesavi havia escampat per aquells intricats soterranis. Avergonyit per la meva reacció, vaig mirar en Bannings i li vaig dir:

–Té raó. Li demano mil disculpes. He perdut els nervis.

–No es preocupi! –exclamà en Bredford, intentant treure importància al que acabava de passar–. El comprenc. El mateix que li passa a vostè amb les rates em passa a mi amb els escarabats. M'hauria d'haver vist quan vaig entrar al temple de Salomó, a la cripta dels Set Prínceps! Això sí que fou perdre els nervis!

Però no divaguem. Ja li contaré aquesta aventura en una altra ocasió. Centrem-nos en el nostre problema. Som damunt d'una plataforma i volem travessar un mar de rates. Què podem fer?

Una idea boja va llampegar al meu cap.

–Un moment! –vaig exclamar–. La seva bossa! Vostè porta a la bossa tot tipus d'instruments per ajudar-lo en les seves aventures, no? Ha tret d'aquí una palanca, una llanterna, la seva brúixola Violeta... Segur que té alguna cosa que podem utilitzar!

En Bredford alçà les espatlles.

–Com per exemple què? No es cregui que no ho he pensat, però em sembla que aquesta vegada no disposo de res que ens pugui ser útil. Què podria servir-nos en una situació així?

–No ho sé... –vaig admetre–. Repel·lent per a rosegadors, verí mata-rates, trampes amb formatge...

–Em sembla que no duc res d'això.

Una nova idea desgavellada em creuà el pensament.

–I un telèfon mòbil? ¿No hi porta un telèfon mòbil, a la bossa?

La pregunta degué divertir en Bannings, perquè en sentir-la somrigué.

–Doncs sí. De fet, moltes vegades porto un telèfon mòbil a la bossa, per si de cas. Com avui, per exemple. Però em fa la impressió que no ens solucionarà gran cosa.

–Per què no? –vaig preguntar–. Podria ser la nostra salvació! Podríem, per exemple, telefonar als bombers perquè vinguessin amb cordes i aparells per ajudar-nos a sortir d'aquí. O millor encara! Podríem telefonar a alguna empresa de desratització i fumigació perquè enviessin un operari aquí, on som ara. O també....

–Tingui –digué en Bredford, traient un petit telèfon mòbil de la seva bossa i oferint-me'l–. Comprovi-ho vostè mateix.

En veure la pantalla del petit aparell vaig comprendre per què en Bannings havia dit que no ens solucionaria gran cosa.

–Fora de cobertura! –vaig exclamar–. Estem fora de cobertura!

En Bredford assentí amb el cap.

–Com gairebé sempre que un surt a la recerca d'aventures –explicà–. En aquests llocs, els mòbils són poc útils, perquè es tracta de llocs remots i poc freqüentats per l'home. És el que tenen de dolent els telèfons mòbils: necessiten una antena a prop i a les selves, als deserts, a les coves profundes, que és on tenen lloc la major part de les aventures, no n'hi sol haver. Com al lloc on ens trobem. Penso que quan el seu rebesavi Turuci disposà les seves trampes en aquest soterrani segurament ni tan sols s'havien inventat els telèfons mòbils, no és cert?

–Doncs sí –vaig admetre, desil·lusionat–. Aleshores, ¿no tenim res d'utilitat en una situació com aquesta?

–A la bossa no. Però disposem d'un instrument molt poderós –replicà en Bredford, amb una brillantor enlluernadora als ulls.

–Sí? Quin?

–El nostre enginy, benvolgut Oz. El nostre propi enginy, el major recurs de què disposa l'ésser humà. Tan sols cal aprendre a utilitzar-lo. Vegem. Hem descartat les coses que portàvem. Ara mirem al nostre voltant per veure si en aquesta mateixa cova hi ha alguna cosa que ens pugui servir. ¿De quines eines podríem disposar?

–A terra hi ha algunes torxes –vaig respondre, sense gaire entusiasme–, però ara que tenim la seva llanterna ja no ens serveixen de res. Si almenys tinguéssim una flauta, com el flautista de Hamelin!

–Com ha dit? –preguntà en Bredford, obrint bé els ulls.

–El què? Això de la flauta?

–No, no, abans!

–Ah, que les torxes no ens serveixen de res. Com que ja tenim la seva llanterna...

–Amic meu! –exclamà el meu company–. L'ha ben encertat! És clar que sí! Això és! Les torxes!

Estranyat, a penes comprenia el motiu pel qual en Bredford semblava tan excitat.

–La meva llanterna funciona amb electricitat. Però les torxes serveixen per mantenir un foc. ¿I sap què temen les rates més que qualsevol altra cosa?

–El foc! –vaig respondre, començant a comprendre el raonament del meu amic.

–Exacte! El foc! Benvolgut Oz, el seu rebesavi ens posa en dificultats, però també posa davant nostre la solució. Subjecti això!

En Bredford em donà una de les torxes que hi havia escampades pel terra de la plataforma mentre rebuscava a la seva bossa, de la qual extragué un petit encenedor. Amb l'ajuda de l'encenedor calà foc a la torxa, que de seguida s'encengué, i il·luminà tota l'estança.

–Atenció, no es cremi! –m'advertí ell–. El foc és molt perillós i cal manejar-lo amb precaució. Recordo quan vaig estar a la selva amazònica, buscant un ídol perdut, que un dels que venien amb mi en l'expedició encengué una foguera sense les mesures corresponents. Gairebé incendia mitja selva! Però no divaguem. Ja li contaré aquesta aventura en una altra ocasió. Ara, avancem.

Carregats cadascun amb dues torxes enceses, emprenguérem el camí. Així que veien la resplendor del foc, els desagradables rosegadors s'apartaven de nosaltres, obrint-nos el pas. A penes m'ho podia creure. Estàvem avançant! Estàvem esquivant la nostra segona prova. En Bredford anava davant, caminant lentament en la direcció que indicava la fletxa. Jo caminava tan sols un o dos metres darrere, sense perdre de vista l'esquena del meu amic.

–Ànim, Oz! –cridà ell–. Ja puc veure la sortida!

Era cert! A la paret del fons es podia veure una porta excavada sobre la roca. Encoratjats pel descobriment, acceleràrem una mica el pas. Tan sols uns quants metres ens separaven de la sortida. En Bredford pràcticament hi estava arribant. De sobte, un corrent d'aire sorgí d'algun lloc imprecís. Una de les meves torxes s'apagà. Espantat, em vaig deturar. Em vaig dir a mi mateix que havia de mantenir la calma, que no passaria res dolent, i vaig pensar a encendre novament la torxa amb l'altra, que encara mantenia la flama. Però en contemplar-la, el meu nerviosisme augmentà! La torxa estava a punt de consumir-se! Una dèbil flameta hi brillava en l'extrem. Presa del pànic, no m'atrevia a moure'm. Vaig mirar endavant i vaig veure que en Bredford havia arribat al nostre objectiu.

–Ho he aconseguit! Anem, Oz! –exclamà, girant-se cap a mi.

Quan em veié, en Bredford fou conscient de la meva situació. Les flames de la meva torxa lluïen cada vegada menys. El cercle de rates al meu voltant anava fent-se cada vegada més petit, amenaçant de desaparèixer en qualsevol moment. Jo tremolava aterrit, sense atrevir-me a fer ni un pas. En Bannings aspirà aire profundament, intentant mantenir la calma.

–Molt bé, Oz –murmurà–. Ho està fent molt bé. Ara avanci lentament. Ja gairebé ha arribat. Li falten només cinc metres.

–No puc! –vaig dir.

–Sí que pot, ho sé. Confio en vostè.

Encoratjat per les seves paraules, vaig començar a caminar molt lentament. La torxa tremolava a la meva mà. Les dents em tremolaven de pur pànic. El cercle de rates anava reduint-se cada vegada més.

–Molt bé. Veu com pot fer-ho? Només li queden tres metres.

Quasi ho havia aconseguit. Avançava lentament a mesura que la flama perdia intensitat. En Bredford em mirava amb un gest de confiança. Llavors, una segona ràfega de vent vingué a estavellar-se contra mi. La flama s'extingí completament. Estava a les fosques!

–Boti, Oz! Boti!

Sense pensar-m'ho dues vegades, en el mateix instant que vaig sentir la veu del meu amic vaig arreplegar totes les forces que em quedaven i em vaig impulsar cap endavant, fent el bot més gran que he fet en tota la meva vida. L'impuls devia ser prou, perquè vaig arribar just a l'altura de la porta. Prenent alè per l'esforç que acabava de realitzar, vaig contemplar la cara del meu amic, que em mirava somrient.

–El felicito, Oz. És tot un valent.

Les paraules d'en Bannings em feren recuperar la tranquil·litat. Ho havia aconseguit! Havíem creuat aquella estança! Orgullós, vaig preguntar:

–I ja no ens segueixen les rates?

–Pel que es veu –explicà en Bannings–, aquesta porta està protegida pel mateix líquid d'aroma desagradable que envoltava la plataforma. Ho veu?

Vaig assentir, comprovant l'existència d'un segon fossat ple del líquid de color verd que havia vist abans envoltant la plataforma. Il·lusionats, ens disposàrem a prosseguir el camí.

–Allí davant es veu una llum –digué en Bannings.

Recorreguérem l'estret corredor que ens separava del següent objectiu. Curiosament, a mesura que avançàvem la llum de la nostra llanterna semblava tenir menys utilitat, perquè una estranya resplendor emergia del fons del corredor, on podia veure's una porta. En poc temps arribàrem fins a la porta i entràrem en una nova sala.

En aquesta ocasió es tractava d'una estança de forma quadrada. Les cavernes havien donat pas a una habitació de parets de rajola. Sobre aquelles parets hi havia una gran quantitat de torxes enceses, la qual cosa explicava la resplendor que vèiem al corredor. El terra era un gran mosaic format per lloses enormes de més o menys un metre de costat, de colors blanc i negre alternativament, com

formant un patró d'escacs. En total vaig poder comptar vuit caselles de llarg per vuit d'ample. En una de les parets, la del fons, hi havia una lletra escrita damunt de cadascuna de les lloses: de la A fins a la H. A la paret de la nostra esquerra també hi havia coses escrites damunt de cadascuna de les lloses, però aquesta vegada no es tractava de lletres sinó de nombres: de l'1 al 8. Finalment, la llosa sobre la qual ens trobàvem nosaltres després de flanquejar la porta d'entrada era una casella blanca marcada amb una creu negra. Em vaig fixar que a l'extrem oposat de la sala hi havia una altra porta, davant d'una altra casella blanca, marcada també amb una altra creu negra.

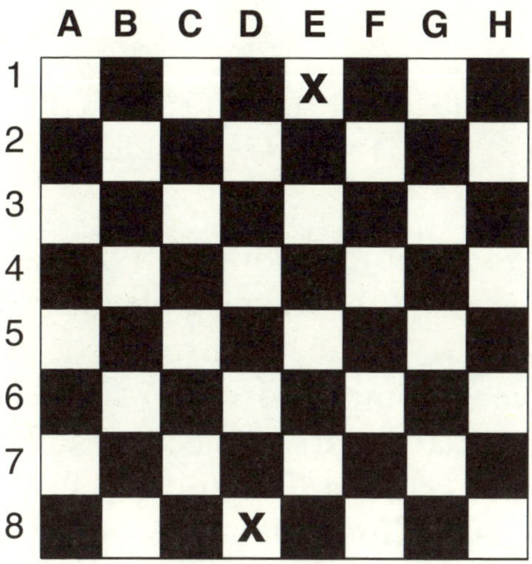

–Sembla que hem arribat a un nou enigma –digué en Bredford, observant atentament l'escena.

–Sí? –vaig preguntar jo–. ¿I té alguna idea de com resoldre'l?

En Bannings contemplava l'estança amb les celles arrufades dibuixant un gest de concentració. Va mirar cap a dalt i exclamà:

–Oz! Miri amunt! Al sostre! Hi ha una inscripció!

Vaig mirar cap a on indicava el meu amic. Efectivament, hi havia alguna cosa escrita al sostre.

Amb lletres gravades sobre la pedra vaig llegir:

SEGUEIX EL TEU CAMÍ
COM UN CAVALLER.

–«Segueix el teu camí com un cavaller»! –vaig repetir–. Què deu significar?

–Hum... –digué en Bredford, que començava a comprendre què s'esperava de nosaltres–. El nostre objectiu és clar: hem de creuar l'estança. O sigui, que hem d'arribar des de la llosa blanca amb una creu al centre on som, fins a la llosa blanca amb una creu al centre de l'altre extrem de l'habitació. No obstant això, la inscripció al sostre sembla indicar que no ens hem de dirigir allí de qualsevol manera. És necessari avançar «com un cavaller». I què pot voler dir això?

Ajuda en Bredford Bannings a resoldre aquest enigma.

6

CAVALLERS AMB PROBLEMES

–Ja ho tinc! –vaig exclamar, sentint que havia trobat la resposta a l'enigma–. Cal avançar en línia recta!

–Com diu? –preguntà en Bredford.

–En línia recta! Els cavallers avancen sempre en línia recta! –vaig repetir–. N'estic segur! He llegit centenars de llibres sobre cavallers, princeses, bruixots, castells i dracs. Els cavallers són homes d'honor, decidits i valerosos. Mai no s'aparten del seu camí! Mai no s'aturen davant de res! Així doncs, hem d'anar cap a l'altra creu en línia recta, sense fer cap volta. Aquesta és la solució del nostre problema.

–Esperi! –exclamà en Bannings.

Sense donar-li temps de pronunciar la seva advertència, vaig començar a caminar dirigint-me cap a la porta de la paret oposada. Però així que els meus peus entraren en contacte amb la llosa negra que hi havia just davant de nosaltres... la llosa es retirà! Agafat per sorpresa, a penes vaig tenir temps de reaccionar.

–Bredford! Auxili!

Amb un moviment reflex vaig estirar els braços en l'instant just en què començava a caure. En Bredford, que havia observat tot allò, s'abalançà sobre mi intentant subjectar-me. Amb les seves fortes mans aconseguí aferrar-me els braços.

–Bredford! No em deixi caure! –vaig cridar.

–Ja el tinc! No miri avall, Oz!

Per descomptat, no li vaig fer cas. Per què deu ser que quan algú diu «no miris avall» la primera cosa que fa tothom és mirar avall? Bé, doncs jo no en vaig ser una excepció. Vaig mirar cap avall i la visió féu que se'm fes un nus a la gola. La situació era realment desesperada: estava suspès en l'aire, subjecte tan sols per les mans del meu amic. Sota meu hi havia una fossa d'uns cinc metres de profunditat. Però l'altura no era el més perillós. El terra d'aquella fossa era ple d'estaques de fusta tremendament esmolades. De manera que si a en Bannings li flaquejaven les forces... bé, aleshores jo podia acabar com una broqueta.

–Ajudi'm, Bredford! –vaig exclamar.

–No s'amoïni, Oz! Però ha de fer un esforç! Pugi!

Aterrit, vaig fer cas al meu amic. Mai no he estat un gran esportista, però en aquella situació el perill estimulà la meva forma física. A contracor vaig treure forces d'on vaig poder, per tal d'ascendir novament al taulell en què abans ens trobàvem.

–Un pèl més! –m'encoratjà en Bredford.

Amb un darrer esforç vaig remuntar el poc tros que em quedava. Tan bon punt vaig notar la seguretat del paviment, em vaig deixar caure a terra, sospirant d'alleugeriment. Per poc! Aquesta vegada havia estat molt a prop!

–Oz, Oz... –digué en Bannings, quan veié que m'havia recuperat una mica–. No cal ser tan impulsiu. És necessari meditar un pèl més les coses.

–Ja, ara ja ho sé –vaig respondre avergonyit.

–Bé, almenys la seva impaciència ens ha servit per descartar la línia recta com una solució possible. I, afortunadament, el nostre error no ha tingut més conseqüències que un desagradable esglai.

Vaig somriure, per agrair les paraules d'ànim del meu amic.

–Però tornem al nostre problema. ¿Sap jugar als escacs?

–Als escacs? Sí, és clar... ¿però quina relació tenen els escacs amb el nostre tresor?

En Bredford va esclatar a riure, divertit.

–Benvolgut amic, els escacs tenen relació amb quasi tot! I més encara si es tracta d'endevinalles i secrets! El joc dels escacs és molt antic. El seu origen es perd en la nit dels temps. Nombroses civilitzacions i cultures han fruït amb interminables partides. I nombrosos tresors estan protegits per enigmes que, d'una manera o d'una altra, tenen a veure amb els escacs. Recordo quan vam haver de rescatar la filla del maharajà de Ragul... Però no divaguem. Ja li contaré aquesta aventura en una altra ocasió. Tal com li deia, els escacs es juguen sobre un tauler en el qual hi ha caselles blanques i negres situades alternativament. Vuit caselles de llarg per vuit caselles d'ample. Total: seixanta-quatre caselles, disposades de la mateixa manera que el terra d'aquesta habitació.

–Comprenc on vol arribar –vaig dir, seguint la seva argumentació.

–Cadascuna de les peces dels escacs té una forma i un moviment característics. ¿Recorda els noms de les peces, Oz?

–Doncs... deixi'm pensar. Hi ha els peons, que sempre avancen cap endavant, d'una casella en una casella.

–Bona memòria. Continuï.

–La torre avança en línia recta, horitzontalment o vertical, el nombre de caselles que vol.

–Molt bé. En recorda alguna més?

–L'alfil, que avança en diagonal, també el nombre de caselles que vol; i després hi ha el...

La paraula que estava a punt de dir féu que m'adonés d'una cosa.

–Cavall! –vaig exclamar.

–Que en alguns llocs anomenen cavaller –corroborà en Bredford–. Si no m'equivoco aquí tenim la solució al nostre problema: hem d'avançar sobre aquest tauler com si fóssim cavalls en un joc d'escacs. ¿Recorda com avança un cavall?

–Doncs... era un moviment una mica estrany, oi que sí?

En Bredford assentí amb el cap.

–El moviment del cavall és, de molt, el més estrany de totes les peces dels escacs. El cavall pot començar a moure's en qualsevol de les quatre direccions horitzontals o verticals: amunt, avall, a la dreta o a l'esquerra. Quan comença a moure's, ha d'avançar dues caselles en la direcció triada, i una vegada aquí ha de girar a la dreta o a l'esquerra i avançar una casella més en la nova direcció.

–Com, com? –vaig preguntar, un pèl confós per la descripció del meu amic.

–Ja sé que és una mica complicat, però li ho mostraré –En Bredford extragué un paper i un llapis de la bossa i començà a traçar un dibuix–. Miri aquest esquema. Si vostè és un cavall i es troba a la casella negra marcada amb un cercle blanc, pot moure's a qualsevol de les vuit posicions que he assenyalat amb una creu negra.

–A veure –vaig dir contemplant el dibuix que el meu amic havia fet.

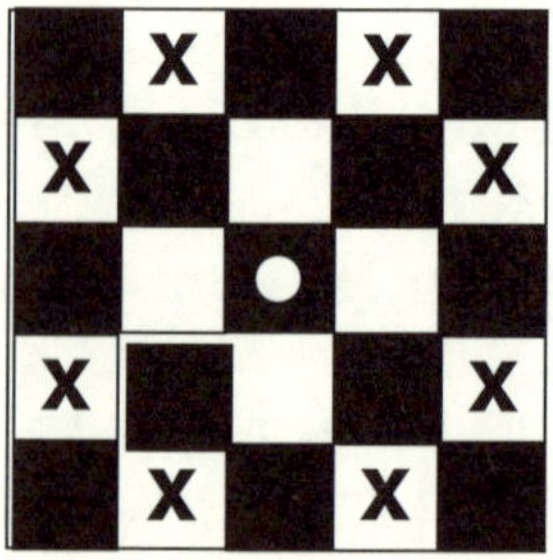

–Imaginem que vostè vol anar cap amunt: de la seva casella negra passa a la casella blanca que té just al damunt, i d'aquí a la següent casella negra. Ara té dues possibilitats: o se'n va cap a l'esquerra o se'n va cap a la dreta. Amb qualsevol de les dues possibilitats vostè acaba en una de les caselles blanques que he marcat amb una creu negra aquí. Ho veu?

–Ja ho entenc! –vaig dir, seguint l'explicació–. I si vull anar cap a la dreta, avanço dues caselles i després he de pujar o baixar una casella.

–Perfecte, Oz! Ho ha entès a la primera! Tenint això clar, la solució al nostre problema és al nostre abast.

–Llavors, ¿a quina llosa se suposa que hem de passar ara?

–Hum... –respongué en Bannings–. Hi ha diverses possibilitats. Jo aniria a la C6 o a la E6.

–C6? E6? De què està parlant? –vaig preguntar, sorprès per la resposta.

En Bredford em mirà estranyat. Després féu un gest, com si s'hagués adonat d'alguna cosa, i somrigué.

–Oh, valga'm Déu. No li he parlat del codi... vegem. ¿S'ha adonat que els taulells apareixen retolats amb nombres i lletres?

–Sí –vaig contestar–. Ho havia vist.

–Bé: doncs aquests nombres i aquestes lletres serveixen per anomenar cadascuna de les caselles d'una manera còmoda sense que pugui haver-hi cap error. Imagini's que és damunt d'una casella i vol saber-ne el nom. Què fa? Molt senzill: primer de tot ha d'esbrinar-ne la lletra. Per a això, començant des de la seva casella, ha de seguir cap amunt en línia recta fins que trobi una lletra. Una vegada la tingui, per saber el nom complet del taulell li manca el nombre. Torna novament a la seva casella inicial i ara es mou a l'esquerra en línia recta fins a trobar el nombre que li correspon. Col·loca seguits la lletra i el nombre... i ja està!

–Oh! És com en el joc dels vaixells! –vaig intervenir.

–Exacte. Així de senzill. Farem una prova. Com s'anomena la casella del cantó de dalt a l'esquerra?

–Vejam... –vaig dir, intentant seguir els passos que m'havia explicat–. Doncs si vaig cap amunt trobo la lletra A, mentre que si me'n vaig cap a l'esquerra em trobo amb el nombre 1... És la casella A1!

–Molt bé! I la de dalt a la dreta?

–H1! –vaig respondre divertit.

–I en quina casella ens trobem ara?

–A la D8!

–Perfecte! Ho ha entès perfectament! Bé, ara que ja sap com indicar la seva posició, comprendrà que tenim diverses possibilitats per moure'ns: B7, F7, C6 o E6. ¿Coincideix amb mi?

–Totalment.

–Com que volem arribar a la paret de davant li suggereixo que ens moguem al més ràpid possible. Què tal la casella E6?

–Em sembla bé –vaig contestar.

–Bé –digué en Bannings, amb una expressió seriosa–. Ara comprovarem si la nostra teoria és correcta. Hem de saltar a la nova llosa. Si tot va bé, sabrem que hem trobat la resposta correcta. Però si hi ha algun error... llavors temo que les estaques de fusta de baix s'encarregaran de nosaltres.

Vaig engolir saliva pesadament davant d'aquella perspectiva.

–I qui botarà primer? –vaig dir.

–Bé –respongué en Bredford–, vostè ja ha tingut el seu petit esglai en aquesta estança. Permeti'm que sigui jo aquesta vegada qui s'arrisqui.

Vaig assentir davant d'un oferiment tan cavallerós. Certament, cada nova situació em demostrava la noblesa del meu nou amic: estava ajudant-me a trobar un tresor i no posava inconvenients a arriscar la seva vida per mi. Em vaig dir a mi mateix que el món seria molt millor si hi hagués més gent com en Bredford Bannings i vaig desitjar tenir almenys una part del seu valor.

En Bredford aspirà profundament. Prengué impuls i saltà. El temps que estigué suspès en l'aire passà molt lentament. Vaig veure com els seus peus se separaven del terra, ascendien a poc a poc i després començaven a caure. En Bredford aterrà exactament al centre de la casella E6... i no va passar res! La llosa no es retirà! Romania allí ferm, sota els peus del meu amic!

–Teníem raó, Oz! Hem trobat la solució! Vingui amb mi!

Il·lusionat, vaig prendre impuls i vaig saltar jo també a la llosa on es trobava el meu amic. Ara l'habitació no tenia més dificultat per a nosaltres. De la casella E6 botàrem a la F4, i d'aquesta a la G2. Des de la G2 bastà un petit bot per tal d'arribar a la E1, última parada del nostre camí. Ja estava fet! Cada vegada menys obstacles ens separaven del tresor del rebesavi Turuci. Abans d'abandonar l'estança vaig dir a en Bredford:

–Bredford, permeti'm una pregunta. ¿S'ha adonat que el camí que hem fet no és l'únic possible en aquesta habitació?

–Per què ho diu? –preguntà.

–Estava mirant el terra i he trobat un altre camí.

–Ah, sí? Quin?

–Doncs, començant per D8, després C6, després D4, d'aquí a C2 i de nou a E1.

–Molt bé, Oz! Jo tinc una altra solució!

–Una altra?

–Sí: D8, F7, G5, F3 i de nou E1.

–Fantàstic! –vaig exclamar–. Hi ha moltes solucions possibles!

–Sembla que sí! I segurament si romanguéssim en aquesta sala una estona més seríem capaços de trobar-ne moltíssimes més, però no tenim temps. Ens espera un tresor. Així doncs... un moment!

En Bredford s'aturà sobtadament.

–No sent res?

Vaig intentar aguditzar l'oïda. Tan sols sentia els cridets aguts provinents de la cova des d'on havíem vingut.

–Jo només sento aquelles horribles rates, que no deixen de fer soroll... –vaig dir jo.

–Sí –respongué en Bannings–. ¿Però no li fa la impressió que ara criden més?

Vaig escoltar detingudament però no vaig percebre cap diferència.

–A mi em sembla que criden igual, Bredford.

–Oh –digué ell, estranyat–. Deuen ser imaginacions meves. Està bé. Continuem?

I dient això, es dirigí cap a la porta de davant nostre, disposat a continuar la nostra recerca del tresor.

Tan bon punt sortírem de l'habitació dels escacs, una fosca silueta abandonà les ombres des d'on ens havia estat observant. En aquell moment les rates de la cova deixaren de cridar, alleujades de desfer-se d'aquella presència. El misteriós observador pujà a la primera llosa i es disposà a botar a la següent tal com havíem fet nosaltres. A mesura que avançava sobre el tauler, es podia sentir una rialleta sinistra que sonava més o menys com «hihihihi».

Érem en un corredor llarg que semblava no tenir fi. Jo avançava capficat, embolicat en les meves meditacions. En Bredford obria el camí valentament. Quan ja feia una bona estona que caminàvem, en Bannings trencà el silenci.

–Quines coves! I pensar que durant tota la seva vida ha viscut just damunt d'un lloc tan fascinant i tan perillós, i no se n'havia adonat. Sembla increïble!

Vaig somriure davant del comentari del meu amic, encara que el meu somriure era una mica trist. Les meves últimes reflexions m'havien deixat un pèl abatut.

–Sap què estic pensant, Bredford?

–Digui'm, Oz.

–Estic pensant que potser el tresor se l'hauria de quedar vostè.

En Bredford es deturà en sec.

–Què diu?

–És el més correcte! Miri: se suposa que els enigmes, les trampes, els perills, han estat disposats convenientment perquè qui trobi el tresor sigui algú valent, intel·ligent i capaç de fer front a totes les proves que hi ha aquí. Però de moment jo no he fet més que entorpir el nostre avanç!

–No digui això!

–És la veritat! Em vaig quedar petrificat quan vaig veure totes aquelles rates al meu voltant. Ni tan sols vaig ser capaç de reaccionar. La meva solució per a l'habitació dels escacs fou completament errònia. Per poc caic a la fossa! Si no arriba a ser per vostè, ara mateix estaria enfilat en una d'aquelles estaques. No... Decididament, jo no sóc digne d'aquest tresor.

En Bredford em mirà amb els ulls plens de comprensió.

–No hi ha res dolent en el fet de demanar ajuda –digué dolçament–. No hi ha ningú, absolutament ningú al món, que sigui capaç de saber-ho tot i fer-ho tot. Per això, qui és realment intel·ligent sap que ha de comptar amb l'ajuda dels amics.

–Però vostè ha resolt tots els enigmes que ens han sorgit completament sol! Vostè no ha necessitat ajuda!

–Bé, és veritat –admeté ell–. Diguem que he tingut sort. Fins ara. Però potser en el nostre proper desafiament no en tindré i per això el necessito al meu costat. Hem de treballar tots plegats.

–Plegats? –vaig preguntar–. Vostè i jo? Com un equip?

–Així és –respongué amb un somriure de comprensió a la boca–. Com un magnífic equip. Un equip fantàstic: els incomparables Bredford Bannings i Oz... Què me'n diu?

Vaig moure el cap en senyal d'assentiment. Ell es va girar i va dir:

–Ara avancem. Ja veurà com la visió del tresor aconsegueix animar-lo! Aquí al davant veig alguna cosa!

Vaig alçar la vista i vaig adonar-me que en Bredford tenia raó. El corredor pel qual avançàvem acabava abruptament en una petita porta pocs metres més avant. Notant que l'optimisme començava a créixer dins nostre, acceleràrem el pas. En Bredford arribà primer. Es tractava d'una porta petita, de fusta, amb les frontisses de ferro rovellades i, per descomptat, estava tancada. En Bredford tempteja la solidesa de la superfície i aviat resultà evident que no la podríem forçar: la fusta de què estava feta devia ser molt gruixuda. Calia trobar algun sistema que ens permetés obrir el camí.

–Miri això! –cridà en Bannings.

A la paret de l'esquerra hi havia un mecanisme de seguretat: es tractava de cinc rodes numerades amb les xifres del 0 al 9, de tal manera que permetia formar qualsevol nombre de cinc dígits. N'havia vist de semblants en aquells maletins de seguretat que s'utilitzen per guardar documents importants.

–És una combinació! –vaig exclamar–. Per obrir la porta cal trobar la combinació correcta.

–Oh, Déu meu! –digué en Bannings–. Combinacions no! Sóc molt dolent resolent combinacions!

Vaig mirar el meu amic, sorprès per la seva reacció.

–És cert –explicà ell–. Mai no he estat capaç d'esbrinar una combinació! És superior a mi! Quan vam estar atrapats a les masmorres del castell d'Urbí, hi havia una combinació per obrir la porta... i vam tardar dos mesos a trobar-la!

–Però, Bredford... –vaig contestar–. No deu ser tan difícil!

–Sí! Sí que ho és! ¿Sap quants nombres es poden formar amb cinc dígits? Cent mil! Cent mil! Fins i tot provant una combinació per minut, ¿sap quant de temps tardaríem a provar-les totes? Quasi setanta dies!

–Bé –vaig dir, intentant mantenir la calma–. Segur que no hem de provar-les totes. Fins ara el rebesavi Turuci ens ha donat pistes per resoldre els enigmes. Només cal buscar-les.

Vaig fer una ullada al voltant. A prop de les rodes amb els dígits no semblava haver-hi cap indicació més. Vaig mirar la paret de davant... i era allí! Una nova inscripció!

–Bredford! Miri!

Gravat sobre la roca es podia llegir el següent:

TRES POSICIONS ENDAVANT.
R-KLR-ALP-NRXQOB-SRFQ.

–Això no té cap sentit! –digué en Bredford.

El comportament d'en Bannings començava a estranyar-me. Feia la impressió que pretenia llençar la tovallola. Tan sols uns instants abans em parlava amb optimisme, plenament convençut que seríem capaços d'arribar fins al tresor. Però així que havíem arribat a aquella porta tot semblava haver canviat. ¿Devíem haver trobat un desafiament massa gran per a ell? ¿Seria aquest el final de la gran llegenda d'en Bredford Bannings? A penes m'ho podia creure. Vaig decidir pensar al més fredament possible.

–És un codi –vaig dir–. Es tracta d'un codi secret. He llegit coses semblants en els meus llibres.

–Oh –digué en Bannings–. Un codi secret. I com l'esbrinarem?

–Hum... –aquesta vegada vaig ser jo qui féu cara de concentració–. No ho sé. Suposo que la primera línia de la inscripció ens dóna una pista. Aquí diu: «Tres posicions endavant». Què deu significar?

Ajuda en Bredford Bannings (i l'Oz) a resoldre aquest enigma.

7

TRAÏCIÓ!

En Bredford mirava la inscripció amb cara d'abatiment.

–La veritat, no se m'acut què pot voler dir.

–Estudiem-ho fredament, Bredford... –vaig apuntar–. No pot ser tan difícil. Hi deu haver alguna manera.

Vaig intentar procedir de la mateixa manera que li havia vist fer a ell anteriorment: em vaig concentrar en el problema, intentant aïllar la situació i comprendre-la al més profundament possible.

«A veure», vaig pensar, «es tracta d'un codi secret, això és evident. Tenim una sèrie de lletres que semblen no voler dir res. I a la paret se'ns indica tres posicions endavant. Podria pensar que he de moure les rodes tres posicions, però això no té gaire sentit... no. Deu haver-hi alguna cosa més: les lletres! La inscripció es refereix a la manera de llegir aquestes lletres: hem de llegir-les tres posicions endavant. O sigui, botar tres posicions. Però... Quines tres posicions?».

–Se li acut alguna cosa? –la pregunta d'en Bredford tallà el fil dels meus pensaments.

–Encara no –vaig dir–. Estic pensant.

–És inútil. No ho aconseguirem mai.

L'actitud d'en Bredford em sorprenia cada vegada més. Semblava com si volgués donar-se per vençut. ¿Era aquest l'incomparable Bredford Bannings, de qui tant m'havien parlat? Molest per tant de pessimisme, vaig decidir respondre-li:

–Vingui, Bredford. No es desmoralitzi. Segur que ho esbrinem!

–Doncs jo crec que no. Segons jo ho veig, aquest enigma és impossible de resoldre. Només ens queda una opció: tornar per on hem vingut.

–Però, Bredford! –vaig exclamar, totalment desorientat per la seva reacció–. ¿Com pot pensar això, ara que hem arribat fins aquí? Vostè mateix ho ha dit fa un moment: no tenim més opció que avançar. I a més, no podem donar-nos per vençuts! No ara! No després dels túnels, les rates, les fosses amb estaques i tota la resta! L'Oz no és algú que es rendeixi així com així.

–Però aquest problema és molt complicat!

–Complicat? Estem a punt de resoldre'l! Tenim una pista, encara que no l'entenc gaire bé: cal llegir les lletres desplaçades tres posicions... la qual cosa vol dir...

En aquell moment, una mena de ressort es tancà dins del meu cap.

–Bredford! –vaig exclamar.

–Què?

–Crec que ho tinc!

–Ho té? El què?

–La solució! Crec que he trobat la solució!

Ple d'entusiasme, ni tan sols podia creure que fos tan senzill. Però era veritat! Havia de ser així!

–Té paper i llapis? –vaig preguntar al meu amic.

–Sí –respongué, rebuscant entre les seves coses–. Aquí, a la bossa. Tingui.

–Deixi que li ho expliqui. Tenim unes lletres que sembla que no signifiquen res. Això no obstant, en la mateixa inscripció se'ns diu que no hem de llegir les lletres tal com apareixen escrites sinó «tres posicions endavant». Això no li diu alguna cosa?

–No ho sé...

–L'alfabet! –vaig exclamar–. L'alfabet dóna un ordre determinat a totes les lletres de la nostra llengua! Una posició per a cadascuna!

–És clar! –digué en Bredford. Em vaig fixar que els seus ulls tornaven a tenir aquella brillantor apassionada d'abans.

–El nostre alfabet –vaig explicar mentre escrivia les lletres sobre el paper– es compon de 26 lletres ordenades de la manera següent:

A	B	C	D	E	F	G	H	I	J	K	L	M	N	O	P	Q	R	S	T	U	V	W	X	Y	Z

–Ara bé –vaig continuar–. Si per a cada lletra escrivim a sota la que té tres posicions endavant, obtenim la taula següent:

A	B	C	D	E	F	G	H	I	J	K	L	M	N	O	P	Q	R	S	T	U	V	W	X	Y	Z
D	E	F	G	H	I	J	K	L	M	N	O	P	Q	R	S	T	U	V	W	X	Y	Z	A	B	C

–I? –preguntà en Bannings, il·lusionat.

–Aquest és el codi! No se n'adona? On hi ha escrita una A hem d'escriure una D! Canviem la B per la E, la C per la F i així successivament, de manera que no llegim cada lletra, sinó la que està en l'alfabet tres posicions endavant. Exactament el que diu la inscripció! Què li sembla?

–Què em sembla? Em sembla que vostè és un geni, benvolgut amic! Provem-ho de seguida!

Entusiasmat pel descobriment que acabava de fer, em vaig posar mà a l'obra. La primera lletra era una R. Vaig mirar a la meva taula i vaig veure que corresponia, en realitat, a una U. La següent era una K, que s'havia de substituir per una N. A poc a poc vaig anar descodificant cadascuna de les lletres. Quan ho vaig tenir tot traduït, vaig llegir el resultat:

–U-nou-dos-quatre-vuit. Bredford! La tenim! Aquesta és la combinació que obre la porta!

En Bredford va fer un crit d'alegria.

–Oz! Ho ha aconseguit! És un geni! Un geni!

–Sí! –vaig exclamar jo–. Ho he fet! He resolt l'enigma! Jo! Jo! Què me'n diu?

–Estava segur que ho aconseguiria!

–Un moment –vaig dir en sentir l'última frase d'en Bannings–. Què ha dit?

En Bredford em mirà com si no comprengués la meva reacció.

–He dit que estava segur que ho aconseguiria.

–Bredford... fa un moment m'ha dit que no ho aconseguiríem mai.

–Això he dit jo?

–És clar que ho ha dit! Com és que ara em diu que estava segur que ho aconseguiria? A menys que...

–A menys que...?

–Ha mentit! –vaig cridar–. Vostè sabia que el problema es podia resoldre!

–Ups –s'excusà ell, mirant-me amb picardia–. M'ha descobert. Encara que jo no diria tant com «mentir». Diguem que «he exagerat» una mica.

–Ha exagerat? Per què? Per a què? –vaig preguntar, sorprès pel que el meu amic em deia.

–Doncs perquè volia que fos vostè, i no jo, qui arribés a la solució del nostre enigma.

–Oh –vaig dir jo, començant a sentir certa desil·lusió–. Llavors, vostè ja ho havia resolt?

–No! En absolut! Per descomptat que no! Això ho ha fet vostè sol! I he d'afegir que ho ha fet molt bé. Però també és veritat que jo no m'he esforçat gens ni miqueta per resoldre'l. He decidit deixar que ho fes vostè sol.

–I per què? No l'entenc...

–Benvolgut Oz: les relacions entre les persones poden arribar a ser molt complicades. Quan es treballa en equip cal aprendre a confiar en els altres: pensar que són capaços de fer la seva part. D'això se'n diu «delegar».

–¿I vostè ha delegat en mi per resoldre aquest problema?

–Així és: he deixat que ho deduís vostè sol. I, francament, no m'ha defraudat en absolut: ha estat a l'altura de les meves expectatives. Fa un moment em deia que no creia ser digne de quedar-se el tresor, no? Doncs aquí ho té! Per descomptat que n'és digne: la manera en què ha desvetllat el misteri anterior ho demostra! Vostè és tan digne com qualsevol!

Les paraules d'en Bannings van fer que se m'inflés el pit d'orgull. Era veritat! Ho havia esbrinat jo! Havia demostrat que podia afrontar les proves que el vell rebesavi Turuci hagués escampat pels soterranis de la mansió. Orgullós de la meva gesta, vaig decidir seguir endavant.

–Una cosa més –vaig preguntar, abans de continuar–. Llavors... tot allò sobre les combinacions i la seva dificultat per resoldre-les... també era fals?

–Una mica –hagué d'admetre.

–I això de les masmorres del castell d'Urbí?

–Això és veritat: allí també hi havia una combinació, encara que no vam tardar dos mesos a trobar-la: tan sols dos dies. Amb tot, pot creure que aquells dos dies van passar molt lentament... Però no divaguem. Ja li contaré aquesta aventura en una altra ocasió. Crec que ara s'imposa seguir endavant. A més, encara hem de provar la combinació, no és cert?

Vaig assentir. Amb un renovat entusiasme, vaig fer girar les rodes numerades fins a formar la combinació que havia obtingut llegint la inscripció. Així que vaig col·locar el darrer vuit, sonà un clic i la porta es mogué lleugerament, indicant que havia quedat desblocada. En Bredford i jo ens miràrem l'un a l'altre.

–Vegem quina nova prova ens ha preparat el seu rebesavi –digué.

Vaig prendre aire profundament i vaig empentar la porta. Tot just començar a obrir-se, una olor profunda emergí de l'estança que ens esperava a l'altre costat. Vaig obrir-la de bat a bat, deixant al descobert el contingut d'aquella habitació. El que veiérem allí ens va deixar a ambdós sense paraules.

Es tractava d'una estança de forma circular. Al centre hi havia una espècie de plataforma de fusta que semblava surar en l'aire, perquè estava envoltada per una enorme fossa, la profunditat de la qual no es podia mesurar a simple vista. La plataforma estava unida al terra d'on érem per un petit pont penjat. Hi havia un segon pont a la part de darrere, que connectava la plataforma amb una altra porta situada a la paret oposada. De seguida suposàrem que es tractava de la sortida. Però no era la distribució de la sala el que ens va deixar sense paraules, sinó el que hi havia damunt la plataforma de fusta.

Era el TRESOR!

Una quantitat de riqueses descomunal, com mai no havia vist en tota la meva vida. Allí damunt hi havia baguls plens d'or, plata, joies, diamants, tot tipus de pedres precioses, de totes les formes i grandàries imaginables, incomptables monedes... i just al centre de la plataforma, reposant sobre una petita base de metall, es podia veure un diamant gegantí que centellejava en colors vermell i groc fent la impressió de contenir foc al seu interior. Impressionat, em vaig girar cap a en Bannings i li vaig dir:

–Mare meva, Bredford. ¿Ha vist alguna vegada una cosa com aquesta?

En Bannings negà amb el cap, contemplant atònit tanta meravella.

–Mai –digué, amb cara de fascinació–. I això que vaig participar en l'expedició a la recerca del tresor del Sultà de Bashir... i també vaig estar a la gran piràmide de Gizeh... però mai no havia vist una cosa així. Només aquell diamant de color de foc que hi ha al centre ja deu valer milions. Ben bé es podria tractar del diamant més gran trobat sobre la faç de la Terra.

–Si no el més gran, per descomptat sí el més bell –vaig apuntar.

–Oz...

–Sí?

–Sap què vol dir això?

–Què?

De sobte, el gest del meu amic canvià. La seva cara s'inundà d'alegria i començà a cridar:

–Que ho hem aconseguit! Oz! Ho hem aconseguit! El tresor és seu! És ric!

A penes podia assimilar el que estava passant. Era veritat? ¿Finalment ho havíem aconseguit? ¿S'havien acabat les proves, les endevinalles, les trampes? Davant nostre, la visió d'aquell impressionant tresor semblava indicar que els perills havien arribat a la seva fi, i que ara m'esperava la felicitat, fruint de les meves ben merescudes riqueses. Veient davant meu la sortida a totes les dificultats dels últims anys i la possibilitat de fruir d'una enorme fortuna, em vaig deixar contagiar per l'entusiasme d'en Bannings.

–Sóc ric! –vaig cridar, amb grans riallades–. Ho hem aconseguit! Ha, ha, ha! I tot gràcies a vostè, Bredford!

En Bannings i jo ens abraçàrem sense deixar de riure. Després d'uns instants, en Bredford digué:

–Bé, mirem de prop la seva nova fortuna, amic meu.

Ens acostàrem al petit pont que unia el terra en què nosaltres estàvem amb la plataforma a meitat de la sala. Just al costat del pont, hi havia una inscripció.

–Bredford! –vaig dir–. Ha vist això?

–Què hi posa?

Vaig llegir la inscripció en veu alta. Hi deia:

INTRÈPID AVENTURER:
SI HAS ACONSEGUIT ARRIBAR FINS AQUÍ MEREIXES LA TEVA RECOMPENSA. ELS PERILLS QUE HAS TROBAT EN EL TEU CAMÍ HAN PROVAT LA TEVA VÀLUA I LA TEVA TENACITAT. ARA SÉ QUE LES RIQUESES QUE EM VA COSTAR TOTA UNA VIDA REU-

nir reposen en bones mans. Tot el que comprèn la teva vista et pertany. Pots disposar-ne a la teva voluntat. Només hi ha una condició: No toquis el gran diamant de foc. Els perills que has trobat a les cavernes han mesurat el teu esperit i la teva intel·ligència. Demostra ara la noblesa del teu cor deixant al seu lloc la peça més valuosa del tresor només perquè t'ho demana aquest pobre ancià, que ara ha aconseguit descansar en pau. Recorda'm sempre.

El vell Turuci

–Oh, pobre rebesavi Turuci –vaig dir, commogut en llegir aquelles línies.

–Sembla que el seu avantpassat ens posa les coses difícils fins al final, veritat?

–Així és –vaig assentir amb el cap.

–I què farà?

–Bé –vaig dir, sospirant–. No m'hi puc negar. Abans d'arribar aquí no tenia res. Tot això pertany al meu rebesavi. És just que respecti la seva voluntat, no creu?

–Em sembla molt bé –respongué en Bannings–. És un gest que l'honra.

–A més... aquí hi ha riqueses de sobres! No perdem més temps!

En Bredford i jo arrencàrem a córrer sobre el pont cap a la plataforma on reposava el tresor. Era fantàstic! Mai de la vida havia vist una quantitat de riqueses així! Les nostres riallades de felicitat retrunyien per tota l'estança. Vaig començar a ficar-me a les butxaques tot el que podia.

–Bredford! –vaig dir–. ¿Com traurem tot això d'aquí?

–Jo no em preocuparia per això! Mans enlaire!!

Aquestes paraules ens sorprengueren a tots dos. Provenien de la porta per la qual havíem entrat a la sala del tresor. Agafats per sorpresa, ens vam girar per trobarnos cara a cara amb un home alt i prim, amb els cabells rossos pentinats cap endarrere i les celles curiosament en punta, que somreia d'una manera sinistra mentre ens apuntava amb una pistola. No sabia on, però recordava haver vist aquella cara anteriorment.

–Turpin! –exclamà en Bredford, i de sobte ho vaig recordar: era l'home que l'havia desafiat a la Universitat de Tapioca–. Què fas tu aquí?

–Us he seguit! –digué, sense deixar d'apuntar-nos amb la pistola–. Heu estat molt amables d'anar obrint-me el camí! Ara, però, aparteu-vos del meu tresor!

–El teu tresor? –vaig protestar–. Però si aquest tresor és nostre! L'hem trobat nosaltres!

–Ah, sí? Doncs jo tinc una arma i vosaltres no! Ara aquest tresor em pertany! Aparteu-vos-en!

–Bredford –vaig murmurar al meu amic–. Què fem?

–No tenim cap altra opció –respongué ell, amb les mans enlaire–. Hem de fer el que diu. Pot ser molt perillós.

–Però, Bredford... –vaig insistir–. No podem deixar que se surti amb la seva! Segur que vostè té alguna cosa a la bossa que ens ajudarà a detenir-lo! Alguna arma!

–No porto armes a la meva bossa!

–Com? No hi porta armes?

–Cap.

–Increïble! Jo pensava que els autèntics aventurers sempre anaven carregats d'armes!

–Res d'això! –digué en Bannings, sense perdre la calma–. Les armes són molt perilloses: són difícils de manejar, causen molt de dany i es poden tornar contra un mateix. I, realment, la seva utilitat és prou qüestionable: solen provocar més problemes dels que resolen. Els autèntics aventurers, com vostè diu, no n'utilitzem mai. Així no hi ha perill que ningú resulti ferit. A més: sempre hi ha solucions millors per a tots els problemes que començar a engegar trets. Això no té cap al·licient. Només ho fan els panolis.

–Què esteu tramant? –grunyí en Turpin–. Obeïu-me, o començaré a disparar!

Sense atrevir-nos a abaixar les mans, retrocedírem a poc a poc pel petit pont penjat que conduïa a la sortida. En Turpin avançà cap a la plataforma sense deixar d'apuntar-nos i arribà al costat del tresor.

–Ara tot això és meu! –cridà, observant la quantitat de riqueses que hi havia allí.

–Ah, Turpin –digué en Bannings.

–Sí?

–No sé si ho has llegit –continuà, amb tota la tranquil·litat del món–, però per si de cas hauries de saber que hi ha una inscripció davant del pont on diu que pots agafar qualsevol cosa menys el gran diamant de foc.

–Bredford! –vaig protestar jo–. Per què l'avisa?

En Bredford es girà cap a mi i em va fer l'ullet.

–No sé què en penses –explicà el meu amic–, però crec que no l'hauries de tocar.

–Ah, sí? –exclamà en Turpin, dirigint-se cap al diamant que havia assenyalat en Bannings–. Doncs a mi no m'importa el que tu creguis! És més: saps què? Aquest diamant serà la primera cosa que agafaré!

En Turpin s'abalançà sobre el petit pedestal que sostenia el gran diamant de foc tot deixant anar una sonora riallada. La cobdícia que el consumia es podia llegir a la seva mirada. En Turpin alçà el diamant amb les seves mans, bo i contemplant-lo amb avarícia. I en aquell precís instant, un so potent, semblant al d'un tro, retrunyí per tota l'estança. Una vibració començà a agitar-ho tot. Tots tres ens miràrem sorpresos. El primer a reaccionar fou en Bredford, que començà a cridar:

–Sortim d'aquí! És un terratrèmol!

8

TREMOLORS DE TERRA

–És un terratrèmol! –va repetir en Bredford–. De pressa! Hem de sortir d'aquí!

En Turpin ens mirava amb ulls desorbitats. Fragments de pedra començaven a desprendre's de les parets, a mesura que les vibracions augmentaven en intensitat.

–Un terratrèmol? –digué, incapaç de creure's el que estava passant–. Però, com?

–Devia haver-hi algun ressort ocult al pedestal del gran diamant! –va exclamar en Bredford–. No perdis temps, Turpin! Anem-nos-en!

–No me n'aniré sense el meu tresor! –cridà en Turpin, omplint-se les butxaques amb tot el que trobava al seu abast.

–Bredford! –vaig intentar donar-li pressa–. No hi ha temps! Hem de sortir!

En Bredford es debatia entre dos mars. D'una banda, sabia que s'havia d'escapar d'allí i aviat, perquè en cas contrari quedaríem sepultats sota les pedres que queien perillosament al nostre voltant. Malgrat tot, semblava que no volia anar-se'n d'allí sense en Turpin. Una gran roca caigué just davant d'en Bredford. Gràcies als seus enormes reflexos aconseguí apartar-se'n a temps. Vaig llegir la pressa en els seus ulls.

–Sisplau, Turpin! –suplicà–. Vine amb nosaltres.

En Turpin feia el sord a les súpliques d'en Bannings, capficat a arreplegar la major part possible de tresor. Havia deixat anar la pistola i ara s'afanyava per omplir-se les butxaques. Llavors, amb un gran estrèpit, una roca immensa es desprengué d'una de les parets i caigué precisament sobre el petit pont penjat que unia la plataforma amb la sortida i l'arrencà d'arrel. En Turpin estava atrapat!

–Turpin! –cridà en Bannings.

En veure's aïllat, en Turpin començà a prendre consciència de quina era la seva situació. Una brillantor de pànic li aflorà als ulls. Es girà cap a nosaltres, balbucejant:

–Bannings... estic atrapat...

En Bredford intentava mantenir la calma. Cada vegada es desprenien més trossos de la paret. Allò s'enfonsaria d'un moment a l'altre.

–Tranquil, Turpin –digué el meu amic–. No tinguis por. Et traurem d'aquí.

–Bredford... –vaig insistir jo.

–Són només dos metres, Turpin –digué ell, sense immutar-se–. Has de saltar-los. Pots fer-ho. Et vaig veure fer coses així centenars de vegades a classe de gimnàstica.

Una nova vibració, encara més violenta que les anteriors, recorregué l'estança. La plataforma central començà a oscil·lar perillosament, indicant que estava a punt d'enfonsar-se. En Turpin estava completament pàl·lid.

–Ajuda'm, Bannings –murmurà.

–T'ajudaré, amic meu. Però has de saltar ja. Confia en mi. Jo t'agafaré.

Un nou estrèpit convencé en Turpin que havia de fer el que en Bannings li deia. Prengué impuls i saltà sense pensar-s'ho, en el just moment en què la plataforma central cedia per fi a tanta vibració i queia cap a l'abisme, de manera que sepultava per sempre el tresor del meu rebesavi Turuci. Ara bé, ni en Bredford ni jo vam tenir temps per pensar en això: tots dos estàvem preocupats per ajudar en Turpin, el salt del qual l'havia salvat d'un destí terrible a les profunditats. Vam seguir atentament amb la mirada la trajectòria d'aquell salt.

–Bredfoooord! Ajuda'm!

Desgraciadament, l'impuls d'en Turpin no havia estat prou gran. Per uns centímetres els seus peus no arribaren a tocar la superfície del terra i s'espantà. Lliscà per la paret. Afortunadament en Bredford havia estat molt pendent de tot el moviment i, en l'últim segon, aconseguí aferrar la seva mà, tal com havia fet amb mi a la sala dels escacs.

–Bredford! –udolà en Turpin, presa del pànic–. No em deixis!

–No et penso deixar, Turpin! Oz! –em digué a mi–. Agafi'l de l'altra mà!

Ràpidament vaig obeir les indicacions del meu company, que s'esforçava per salvar l'home que només uns minuts abans amenaçava les nostres vides pistola en mà. Els fragments de roca continuaven caient al nostre voltant. Havíem de sortir d'allí de seguida. En uns segons, en Turpin estava subjecte per les dues mans. Un esforç més i podríem sortir d'allí.

–Ara et pujarem, Turpin! Tranquil! I, sobretot... no miris cap avall!

Per segona vegada al llarg de la nostra aventura, aquella frase provocà just l'efecte contrari al que pretenia. El primer impuls d'en Turpin en sentir allò va ser, precisament, mirar cap avall. I tant de bo no ho hagués fet, perquè, entre tants fragments de roca desprenent-se, tota l'estança a punt de desplomar-se, aquell lloc amenaçant d'esfondrar-se d'un moment a l'altre, els ulls d'en Turpin només foren capaços de fixar-se en una llampada de color de foc que provenia d'una petita obertura a la paret una mica a sota d'ell.

Era el gran diamant de foc!

Segurament durant la caiguda de la plataforma, les diverses peces del tresor s'havien escampat per l'estança i precisament el diamant de foc s'havia quedat encallat en un sortint a la roca de la paret. Quan en Turpin veié aquell esmorteït fulgor, una expressió de cobdícia tornà a aflorar a la seva cara.

–És el diamant! Bredford! L'hem d'agafar!

–Deixa'l! –cridà en Bredford–. És massa lluny!

–No! –va dir en Turpin, i abans que pogués adonar-me'n, m'havia deixat anar la mà per intentar agafar el diamant.

–Turpin! –cridà en Bredford, amb la cara vermella a causa de la força que estava fent–. No podré sostenir-te gaire més!

La situació era completament desesperada: en Turpin penjava sobre l'abisme subjecte tan sols per la mà d'en Bannings, a qui les forces amenaçaven d'abandonar en qualsevol moment. Al nostre voltant tot retrunyia. A mi el cor m'anava a mil per hora. Havíem de sortir d'allí. Aliè als perills que l'envoltaven, en Turpin estirava el braç per intentar atrapar el preat botí.

–Ja gairebé el tinc... només un pèl més –els dits d'en Turpin estaven a escassos centímetres del seu objectiu.

–Turpin –digué en Bannings, gemegant per l'esforç–. No puc més...

Llavors succeí.

Veient la proximitat del valuós tresor, dins d'en Turpin es va fer més gran la cobdícia que el sentit comú: féu un últim esforç per estirar-se, sense tenir en compte que moure's en aquella direcció implicava deixar-se anar de les mans d'en Bannings. Quan en Turpin volgué adonar-se del seu error ja era massa tard. Havia atrapat el diamant, però ara res no el subjectava: es trobava surant en el buit. Presa del pànic, trencà a cridar:

–Bredfoooooord! Ajudaaaaaaaaaaaaaaaa!

Esglaiats, observàrem com queia i es perdia en la foscor de l'abisme, encara aferrat a la pedra preciosa que s'havia convertit en la seva perdició. Vaig mirar en Bredford que, amb llàgrimes als ulls, se sentia culpable per no haver estat capaç de treure d'allí aquell home; però no era moment per a reflexions. Havíem d'escapar, i aviat, perquè en cas contrari també nosaltres acabaríem sepultats a les entranyes de les cavernes! Em vaig llançar sobre el meu amic, intentant fer-lo reaccionar.

–Bredford! Hem de sortir d'aquí! Anem-nos-en!

En Bredford alçà la vista i em mirà amb resolució. Sense esperar més, s'alçà de terra, s'eixugà les llàgrimes i arrencà a córrer juntament amb mi. Al nostre voltant tot s'enfonsava. Avançàvem a les fosques per un corredor que ni tan sols coneixíem. Sentíem com les pedres s'anaven estavellant a un costat i a un altre del nostre camí. Més per intuïció que per una altra cosa aconseguírem identificar una espècie de camí de sortida: no hi havia temps per pensar, ni per prendre decisions. Simplement ens limitàrem a córrer tan ràpidament com podíem. La terra tremolava violentament, i ens dificultava avançar. El so tronant ens embolicava. Tot semblava perdut quan, finalment, aconseguírem veure una llum al final del corredor.

–Ja som a prop, Oz! –exclamà en Bannings–. Això ha de ser la sortida!

Amb un últim i suprem esforç recorreguérem els últims metres que ens separaven de la tan anhelada llibertat. La llum del sol colpejà els nostres ulls. Els nostres peus abandonaren la dura pedra i entraren en contacte amb la tova herba en l'instant just en què un últim i definitiu tro retrunyí per les cavernes i tot s'esfondrà.

Esgotats per l'esforç, ens deixàrem caure sobre l'herba.

9

Comiat, o no?

En Bredford i jo respiràvem pesadament intentant recuperar l'alè. L'esforç de l'última carrera ens havia deixat completament exhaustos. Romanguérem una estona estirats a terra sense dir res, intentant recuperar-nos una mica.

–Bé... –vaig dir entre esbufecs–. Sembla... que aquest és el final... del tresor... del rebesavi Turuci...

En Bredford assentí amb el cap. Tenia el gest seriós. Vaig comprendre per què.

–Està pensant en en Turpin?

En Bredford em dedicà una mirada molt profunda i assentí.

–Així és –respongué–. Si tan sols hagués estat capaç de sostenir-lo un pèl més...

–Però, Bredford, no ha estat culpa seva. En Turpin s'ha arriscat en excés per tal d'agafar el diamant. Ni tan sols ha atès a raons!

–Ja ho sé. La cobdícia sol donar mals consells. Però no puc evitar pensar que el tenia subjecte... i se m'ha escapat.

–¿Creu que és... –vaig balbucejar, sense atrevir-me a acabar la frase–, vull dir, que és...?

–Mort? –digué ell, sense tant d'inconvenient–. No! Per descomptat que no!

–Com pot estar-ne tan segur?

–Benvolgut Oz, en Turpin i jo hem viscut moltíssimes aventures en comú. La majoria de vegades com a rivals, és cert. Però puc dir-li amb plena seguretat que aquest home té més vides que un gat: és terriblement astut i terriblement esmunyedís. Trobarà la manera de sortir-se'n, d'aquesta, igual que en totes les ocasions anteriors. Cregui'm: si no m'equivoco, aviat tornarem a tenir notícies del nostre sinistre Turpin.

La convicció amb què en Bredford pronunciava aquelles paraules aconseguí treure'm un bon pes del damunt.

–L'única cosa que lamento –prosseguí– és que vostè ha perdut el seu tresor.

–Oh –vaig dir–. És veritat. Amb l'agitació ho havia oblidat. Quina mala sort!

–No es preocupi. De ben segur que trobarà la manera d'afrontar els seus compromisos econòmics. Ha demostrat ser tot un gran aventurer.

Les paraules d'en Bannings m'ompliren d'orgull. De sobte vaig recordar una cosa.

–Un moment! –vaig exclamar, clavant les mans a les butxaques dels pantalons–. Jo he arribat a agafar algunes peces del tresor!

Vaig extreure unes quantes monedes que havia tingut temps d'agafar a la sala del tresor. En Bredford les contemplà amb interès i provà d'identificar-les.

–No està malament –digué–. Són doblons espanyols. N'he vist alguns en les meves expedicions pel Carib, en busca de vaixells enfonsats... Però no divaguem. Ja li contaré aquesta aventura en una altra ocasió.

Vaig somriure davant les paraules del meu amic.

–Per què sempre fa això? –vaig preguntar.

–A què es refereix?

–A deixar-me intrigat. Ho fa molt sovint: comença a explicar-me una de les seves aventures i, quan les coses comencen a posar-se interessants, em deixa a meitat sense arribar al final.

–Realment faig això?

–Certament sí.

En Bredford alçà les espatlles i somrigué.

–És una vella mania. Me la contagià un bon amic que jo estimava molt. Potser ha sentit parlar d'ell. S'anomenava Michael Ende.

–Michael Ende? –vaig preguntar, sense poder creure les paraules d'en Bredford–. ¿Es refereix a Michael Ende, l'escriptor de *La història interminable*? Vostè va conèixer Michael Ende?

–Conèixer? Érem íntims. Ens vam conèixer fa temps, en un viatge a Fantasia, en un moment en què aquell país travessava uns problemes bastant seriosos... però aquesta és una altra història i ha de ser contada en una altra ocasió.

–Oh, Bredford! –vaig exclamar, divertit–. Ho ha tornat a fer! Ha tornat a deixar-me a mitges!

En Bannings deixà anar una alegre riallada.

–Tornant al tema dels seus doblons –continuà–, suposo que en podrà treure alguns diners en qualsevol botiga d'antiguitats o casa de subhastes. Almenys per afrontar els deutes més imminents en tindrà prou. Però no es faci gaires il·lusions. No crec que li'n donin gaires.

Aquella revelació em deixà lleugerament abatut. Havia tingut al meu abast tant, havia estat a punt... i en un instant, tot s'havia perdut. Entristit, em vaig lamentar de la meva mala sort.

–Bé... –vaig dir–. No importa. Suposo que al final hauré de vendre la casa. Era qüestió de temps, ja començava a fer-me'n a la idea. No tinc altre remei... De totes maneres, Bredford –vaig continuar, dirigint-me al meu amic–, moltíssimes gràcies. Ha estat molt amable amb mi i m'ha ajudat molt. Li estaré eternament agraït.

En Bannings em mirà afligit, lamentant que el final de la nostra aventura no hagués anat com nosaltres havíem esperat. De sobte, una brillantor emergí a la seva mirada, com si una idea boja acabés de passar-li pel cap.

–Un moment! –digué–. Em va explicar que li agradava molt llegir, veritat?

–Llegir? –vaig respondre, sense comprendre a què treia cap aquella pregunta–. Moltíssim. M'apassiona.

–Ha llegit molt?

–Doncs sí –vaig admetre–. Moltíssim. Centenars de llibres. Potser milers.

En Bredford somreia, divertit.

–I, arribat el cas, vostè seria capaç d'escriure?

–Escriure? No ho sé... suposo que sí... he escrit alguns contes, coses breus... però, a què treu cap tot això? Bredford... en què està pensant?

–Benvolgut amic –digué en Bredford, amb un aire de satisfacció al rostre–, fa molt de temps que penso que és una llàstima que no hi hagi ningú que es prengui la molèstia d'escriure les meves aventures. Si no hi faig alguna cosa, cauran en l'oblit! I, francament, això és una cosa que no puc permetre. Alguna vegada he intentat ser jo mateix qui fes aquest treball tan dur, però he de reconèixer que les meves habilitats en el camp literari són, com dir-ho?, «limitades».

–Bredford...

–Ja fa temps que penso que potser la millor opció seria que la Universitat de Tapioca contractés algú que es dediqués exclusivament a això: a prendre notes de les meves aventures i després redactar-les correctament, per tal de donar-les a conèixer al món. Em sembla una ocupació interessant, no creu?

–Bredford! –vaig exclamar, entusiasmat–. I ha pensat en mi per a aquest treball?

–Qui millor? Aquesta petita aventura es pot considerar la millor entrevista que li podia fer! Ha demostrat ser intel·ligent, intrèpid, valerós i tenir un cor noble. Crec que no podria tenir un ajudant millor. No cobraria gaire, és veritat, però ens asseguraríem que el seu sou donés almenys per afrontar els seus deutes sense haver de desfer-se de la casa dels seus avantpassats.

Una riallada de felicitat aflorà a la meva gola.

–Seria magnífic! ¿Però hi estarien d'acord, a la Universitat de Tapioca?

–D'acord? El rector Rigot faria qualsevol cosa que jo li demanés! Qualsevol cosa, sempre que jo continuï resolent els problemes amb què, de tant en tant, em carreguen. No es preocupi. Si vostè accepta, es pot considerar, oficialment, el meu nou ajudant i narrador de les meves històries.

Ajudant i narrador de les històries d'en Bredford Bannings! Potser al capdavall, sí que havia estat capaç de trobar un tresor. Amb una ferma encaixada segellàrem el nostre acord. Era un matí fantàstic. El sol brillava a la part alta del cel. Una brisa suau omplia l'ambient. Les flors semblaven tenir colors més vius, i els animals deambulaven lliures i feliços pel camp. Vaig mirar durant uns instants el meu nou amic, amb el pit inflat d'orgull. A partir d'ara jo tenia una nova missió a la vida: hauria de posar sobre el paper les meravelloses i emocionants aventures que correria juntament amb aquell home excepcional. No sabia què em portaria el futur. L'única cosa que podia assegurar és que, en qualsevol cas, sempre estaria al costat del meu amic, l'incomparable Bredford Bannings.

Ha escrit i  ha dibuixat...

Ximo Cerdà

¿No us ha passat mai haver vist una cosa que us ha agradat tant, que de seguida us han entrat ganes de fer alguna cosa semblant? Doncs això, a mi em passa cada dia!

Quan era petit, la meva mare m'explicava un conte cada nit, abans d'anar-me'n a dormir. Aviat em vaig adonar que jo també podia inventar i contar els meus propis contes. Després vaig descobrir que hi havia llibres plens d'històries com les que m'explicava la mare i no vaig tardar gaire a intentar escriure la meva primera història.

Ja ho veieu: en aquesta vida he fet un munt de coses divertidíssimes. La primera va ser néixer, l'any 1975, a Xàtiva. Després em vaig dedicar a aprendre i fer tot el que he pogut: he sigut músic, actor, director de teatre, dibuixant, catequista en campaments... Ara sóc enginyer en telecomunicació, doctor en electrònica i físic, i treballo com a professor a la Universitat Politècnica de València. Ah! Una de les coses més divertides que he fet darrerament ha estat casar-me amb la Marta.

Aquesta és la meva primera novel·la. Però, sabeu què? De ben segur que no serà la darrera.

Si voleu posar-vos en contacte
amb en Bredford Bannings escriviu a:

bredfordbannings@hotmail.com